ADIEU À LA FRANCE QUI S'EN VA

Paru dans Le Livre de Poche :

LA FEMME DE PROIE

LA FUITE EN POLOGNE

L'INVENTION DE L'AMOUR

LA NOBLESSE DES VAINCUS

LE VOLEUR DE JEUNESSE

JEAN-MARIE ROUART
de l'Académie française

Adieu à la France qui s'en va

GRASSET

à Paul Guilbert
à Anne Melscouët

Je porte sur moi ce mal de la France, que personne que moi ne porte. Au milieu de ceux qui dorment et au milieu de ceux qui rient, le malheur de la France me réveille la nuit.

MONTHERLANT.

Ceux qui m'ont soutenu, ce n'est pas moi qu'ils ont défendu. Ils ont défendu la justice. Ils ont défendu la France.

Omar RADDAD.

Ils étaient vingt et trois quand les fusils fleurirent
Vingt et trois étrangers et nos frères pourtant
Vingt et trois amoureux de vivre à en mourir
Vingt et trois qui criaient « la France » en s'abattant.

ARAGON.

Je me souviens du froid

Je me souviens du froid. On gelait sous les voûtes. Par ce matin de décembre, clair et pimpant, la bise qui se faufilait sous les arcades de l'église des Invalides glaçait la moelle des os. J'avais sept ans. Le froid se mêlait à une sensation d'ennui lourd de punition, sans espoir ni rémission, comme seules les cérémonies officielles savent en infliger. La solennité enveloppait les assistants et posait sur eux un masque de componction comme pour les rendre eux aussi pareils à des morts.

Je ne comprenais pas grand-chose à la cérémonie qui se déroulait. L'assistance se composait pour moitié d'hommes jeunes en uniforme clair : l'œil limpide, le cheveu court, le visage rubicond et luisant comme ces pommes reinettes qu'on astique avec la manche du chandail, ils faisaient une tache claire au milieu des hommes et des femmes habillés en noir. Les visages exprimaient l'accablement et la tristesse.

Devant moi, à quelques mètres, sur un catafalque

tendu d'un drap tricolore, reposait un képi blanc et brillaient d'impressionnantes décorations.

Quelqu'un était mort, mais sa disparition ne me paraissait pas réelle. Le théâtre de la cérémonie, les paroles emphatiques du prêtre, le pathos du ministre suspendaient l'émotion, la mienne du moins ; j'avais mauvaise conscience à être le seul à ne pas partager l'affliction générale. Je me reprochais d'avoir le cœur sec. Pourquoi étais-je insensible à ce deuil que chacun autour de moi semblait éprouver ? Mes parents, mes oncles, mes tantes avaient des traits sculptés par la douleur et montraient cet air de douce résignation propre aux grands convalescents. Comme je regrettais de ne pouvoir les rejoindre dans leur souffrance d'adultes !

Celui dont on célébrait la mort me paraissait étrangement vivant. Je l'avais connu si gai, entraînant, un de ces jeunes hommes qui laissent derrière eux un sillage lumineux, un air de fête, qui plaisent aux femmes autant qu'aux hommes comme s'ils étaient doués d'un don spécial pour la vie. J'avais du mal à admettre qu'il jouait aujourd'hui ce rôle si peu fait pour lui : il était mort.

Je le revoyais à Noirmoutier, l'été, sur un petit voilier au mouillage dans la baie de l'Anse Rouge, au bois de la Chaise, un voilier que mon oncle avait baptisé le *Rhumb* à cause d'un livre de Paul Valéry. Il débarquait sur la plage à bord d'un canot, habillé d'un short colonial et d'une chemise blanche à manches courtes. Dans cette crique, dès que la vague nous avait déposés sur le sable, avec son effluve fort de goémon, on atterrissait dans une clairière lumineuse chargée du parfum doucereux et acide des sapinettes que les pins maritimes laissaient choir avec nonchalance dans les anfractuosités des rochers.

Ce soldat évoquait le soleil, le bateau, le dépaysement, la liberté, la grosse respiration de l'océan que personne n'a jamais pu contraindre. Une image lumineuse que je ne pouvais enfermer dans la cage sévère et étroite de la mort.

Homme des fêtes, des amis, des jolies femmes, il refusait de participer à cette cérémonie glacée. Cela allait bien avec sa personnalité d'insoumis, de regimber devant cette dernière formalité, lui qui n'acceptait aucune discipline hormis celle qu'il avait choisie, la plus implacable, à laquelle il se donnait corps et âme avec une fougue romantique : la Légion étrangère.

Quel joyeux ou sombre démon avait poussé ce petit-fils d'Edma Morisot, la sœur tendrement aimée de Berthe, à quitter le monde de la peinture et de l'art pour les cohortes si peu artistiques de l'armée, et pour cet ordre quasiment monastique qu'est la Légion ? Quelle aspiration à une haute servitude nourrissait-il dans son cœur ? Quel frein brutal avait-il voulu imposer à sa fantaisie, à son caractère fantasque ?

Peut-être aussi avait-il souffert d'appartenir à ce sang d'Edma, celle que Degas préférait à Berthe, qui avait tant de talent mais qui n'avait pas osé. Elle s'était laissé enfermer dans un mariage provincial avec un officier de marine. C'était peut-être pour cela, pour cette existence gâchée, à côté de la vie, que Michel Forget, lui, avait osé faire ce grand saut dans l'aventure. Le danger de l'art, ce risque extrême pris avec le destin, cette guerre avec soi-même, lui avait-il paru plus délétère que la vraie guerre, celle qu'on fait aux autres ?

A sa sortie de Saint-Cyr, il avait voulu une vie aventureuse. Le monde bourgeois lui semblait trop sage, trop appliqué. Peut-être prolongeait-il à travers la Légion le rêve d'une vie bohème, une existence pimentée de risques, le contraire de la monotonie casanière. Il en avait sa claque du gigot du dimanche, des déjeuners de première communion, des étrennes, de la messe à Saint-Honoré-d'Eylau. Il était trop impétueux pour se couler dans le moule : rancir dans les rancœurs familiales, attendre un héritage, caresser l'idée d'un *bon mariage* avant de s'étioler dans une lente asphyxie conjugale. Il avait échangé le confort à l'odeur moisie de la famille contre une existence fiévreuse et incertaine avec ses frères d'armes.

Le cocasse, c'est que, lorsqu'il débarquait à Paris, il logeait rue de Villejust, dans l'atelier de Berthe Morisot, chez un cousin riche, qui était son opposé : antimilitariste monomaniaque, abonné au *Canard enchaîné,* réformé, pieds plats, il ne cessait de fustiger l'armée, les généraux, les galonnés. Ce cousin, qui l'aimait comme un frère, le dorlotait, le chouchoutait, lui offrait le gîte et le couvert, ses costumes, ses amis et même son lit.

La divergence de vues n'empêchait nullement,

dans cette famille tellement française, le planqué, l'antimilitariste, d'admirer le héros.

Absent, aujourd'hui, Michel Forget l'était doublement. Même son corps, son beau corps aux attaches fines de guerrier et d'amant, manquait sous le catafalque. Sa dépouille gisait loin d'ici, à Cao Bang, au Tonkin, à la frontière chinoise. J'imaginais que de jolies jeunes filles aux yeux bridés, vêtues de sarongs, venaient piquer le riz et jeter des fleurs de lotus non loin de son corps, de ses membres engourdis pour l'éternité. Quel parfum d'ailleurs le berçait, le parfum de cette expression « Légion étrangère », surtout l'épithète *étrangère*, qui l'avait fait rêver. Mort au combat à la tête de son bataillon, le commandant Michel Forget s'était évadé une dernière fois de son ultime cage. Dans la mort il avait évité les humiliations, la servitude d'une déportation au cours de laquelle tant de ses camarades devaient trouver une fin ignominieuse. Il restait insaisissable.

Dans cette église Saint-Louis-des-Invalides, où j'étais affligé de ne pouvoir être triste, je demandais à Dieu de l'émotion comme j'aurais imploré une grâce. Mais mon esprit gambadait au loin avec le vivant qui refusait de rejoindre son image de mort.

Je me disais que lui aussi se serait ennuyé pendant cette cérémonie. La messe, ce n'était pas son genre, ni les solennités ni les officiels. Mon regard errait. J'observais les jeunes hommes au képi blanc ; je m'attardai sur l'un d'eux dont le masque sérieux était déformé à intervalles réguliers par un tic. Puis, alors que je levais les yeux au ciel vers les voûtes, une particularité retint mon attention : bien alignés, fichés dans la pierre, des dizaines de bâtons soutenaient des débris de tissu, de vieilles loques décolorées, dépenaillées. Cela me rappelait les chauves-souris recroquevillées en grappes dans les greniers, leurs ailes repliées. Cette vision m'intriguait. Je finis par comprendre qu'il s'agissait de drapeaux, suspendus à leur hampe, de vieux, d'antiques drapeaux et que ces guenilles sacrées avaient été arrachées à la mitraille de l'ennemi, ramassées dans la boue des champs de bataille. Ils étaient brûlés, déchirés, mis en pièces. Ils portaient témoignage de batailles légendaires : Fontenoy, Valmy, Arcole, Austerlitz, Iéna, expéditions en Algérie, au Mexique, au Tonkin. On devinait la marque de pays, de civilisations différentes, lointaines. On sentait encore que des mains s'y étaient accrochées pour les défendre. Ils en conservaient une allure pathétique, un air grave. Ils évoquaient des passions nationales, des fureurs guerrières, mais aussi une conception de l'honneur qui, comme un fil rouge, traverse les pays et se moque des frontières. Combien d'hommes étaient morts pour les conserver, ces drapeaux, autant sans doute qu'il en avait fallu pour les conquérir et les ramener ici.

J'éprouvais une sensation de fraternité avec ces vieux étendards. Ils me parlaient. Tant d'énergie, de courage, de foi en un idéal mystérieux se résumait dans ces hampes figées au garde-à-vous. J'étais en face d'une énigme que je ne pouvais pas comprendre et qui, pourtant, m'émouvait. Mes yeux s'embuaient.

Le froid, l'ennui disparurent. Une impression chaude de communion me reliait soudain à un passé glorieux. J'avais déjà éprouvé un sentiment semblable. Un soir, j'avais été attiré par un vacarme inhabituel sur le boulevard Montparnasse. Je m'étais mis à la fenêtre. Il faisait nuit noire. Soudain, descendant le boulevard, escorté de torches, un char était apparu martelant le pavé. Sur une prolonge d'artillerie, il portait la dépouille du général Leclerc et de ses compagnons morts à Colomb-Béchar. L'apparition de ce mort légendaire, traîné dans la nuit aux Invalides, semblait irréelle. A quel monde, à quelle mythologie nocturne appartenait-il ? Vers quelle nuit glorieuse retournait-il ?

Le souvenir de Michel Forget continuait de gambader dans ma tête. Longtemps, je ne pourrai le dissocier de Noirmoutier, du soleil, des jeunes filles. Le moment où il était le plus présent, c'est lorsque j'accompagnais ma mère dans l'échoppe de Dupon-ternicien, un marchand de produits exotiques installé avenue du Maine, à deux pas de l'atelier où Mermoz avait vécu avec sa mère une vie nécessiteuse et médiocre : l'odeur de la cannelle, de la girofle, du benjoin, de la bergamote qui régnait là, sitôt franchi le sonore rideau de bambous qui jouait des castagnettes, me restituait Michel Forget intact, inchangé, avec son sourire, son short colonial, ses chemises blanches à manches courtes.

De quelle étrange vie vivait-il là, dans les odeurs aromatiques, les saveurs poivrées, les relents doucereux de jus de goyaves et de mangues ? Son souvenir se mêlait à l'image de Mermoz dont l'existence misérable s'était nourrie elle aussi de la poussière de ce quartier avant d'être projetée dans la lumière. Par bien des aspects, ils se ressemblaient : ce beau visage viril, ce trop-plein de rêves de grandeur qui rend apte à dilapider généreusement son existence, ce sourire vainqueur devant la mort qui avait fixé leur image à jamais dans la jeunesse.

Bien des années plus tard, je me retrouvais dans l'église des Invalides. L'homme dont on célébrait les obsèques en grande pompe n'était plus un jeune homme. Il avait traversé le siècle, connu tour à tour la misère et la richesse, l'obscurité et le succès, la défaite et la victoire. Il avait réussi ce tour de force d'être célèbre et superbement méconnu. De ses contradictions adolescentes qui renvoyaient le compagnon de la Libération à ses jeunes années, il sortait la tête haute. Pour en finir avec la guerre qu'il se menait à lui-même, il s'était tiré une balle dans la tempe dans son appartement de la rue du Bac.

Romain Gary, le nomade, regagnait les steppes du rêve. Les violons qui l'escortaient simulaient les plaintes du vent. Anna Prucnal chantait une chanson polonaise, la même berceuse que dans son enfance, à Varsovie, sa mère lui chantait pour l'endormir. La voix s'élevait sous les voûtes, douce, maternelle, caressante, attendrissant ce monde guerrier voué aux hommes et à leurs armes. Elle montait légère vers les cimes de l'église jusqu'aux vieux drapeaux déchiquetés qui étaient toujours là, loques de gloire suspendues à leur hampe. La berceuse polonaise, doucement, accompagnait ce chevalier dans son dernier sommeil comme si elle voulait apaiser encore ses soubresauts de violence et de révolte.

Un détachement de soldats de l'infanterie de marine portait le cercueil dans la cour d'honneur. Ils marchaient avec une étrange lenteur et supportaient leur fardeau d'une démarche glissante, gracieuse comme un pas de danse. Les tambours résonnèrent sous les galeries ; la sonnerie aux morts cisela dans l'air glacé des vibrations déchirantes. C'était tragique mais ce n'était pas triste. Une fête pour un départ. On fêtait le commencement de sa nouvelle aventure.

Devant ce spectacle, je sentis renaître, intact, le vieux sentiment que j'avais éprouvé. Comment dire ? Une sorte d'allégresse dans les larmes. Mon cœur bondissait d'enthousiasme.

J'étais emporté au-delà de moi-même, soulevé par la grandeur de l'instant. Quelque chose en moi brûlait comme un feu. Je me sentais relié à un passé commun, à des épreuves, à d'autres vies. Un sentiment d'appartenance moins à un pays, à une communauté, qu'à une belle idée qui, comme une lumière, avait guidé tant d'hommes à se hisser au-dessus d'eux-mêmes. Ce sentiment poignant, c'était le sentiment de la France.

La province pour moi a toujours un goût d'été

La province pour moi a toujours un goût d'été. Ce village du Béarn, je l'identifiais à son odeur : une bonne grosse odeur aigrelette de fumier pourrissant au soleil, de bouses déposées dédaigneusement par les vaches maigres à longues cornes autour desquelles virevoltaient des mouches bleues, de fougères roussies au soleil qui se décomposaient lentement. A ces senteurs paysannes de fermentation et de bêtes, relevées par le suint âcre de brebis, il fallait ajouter les effluves fades et boueux d'un jeune gave qui dévalait de la montagne. Dans l'air doux, d'une douceur émolliente, tropicale, saturé d'humidité, résonnait le tintement de la cloche de l'église. C'était un pays fait pour la sieste, la méditation, la pêche à la ligne. L'été, dans la maison familiale, les persiennes demeuraient fermées jusqu'au soir, tentant de filtrer l'air tiède. De fraîcheur, on n'en trouvait que dans la vaste cuisine dallée qui sentait la vieille soupe où un chat noir déambulait d'un air négligent près du garde-manger. Voilà des siècles que ce village immuable se hâtait lentement vers son avenir.

Encerclé par des montagnes rondes d'un vert à faire grincer les dents, dont les pentes moutonnaient paisiblement, le village dormait. Seuls d'infimes événements troublaient sa quiétude : la descente sonore des troupeaux de brebis agitant leurs grelots, escortés par les aboiements des chiens et le sifflement du berger. Ils inondaient la place du village de leur toison neigeuse à l'odeur sauvage de lait caillé et de forêt profonde. L'autre événement, c'était, à l'automne, l'égorgement du cochon. On ébouillantait ce malheureux dont on tranchait la gorge et qui se débattait sans aucune dignité, tentant vainement de se soustraire à l'honneur de finir sous l'espèce de jambons, de saucisses et de boudins noirs. A la manière pleine d'allant dont les villageois aiguisaient leurs couteaux, on sentait l'ivresse rituelle du sang, le plaisir simple et innocent de faire souffrir et de tuer en toute légalité.

On avait le sentiment d'être au bout du monde. La route nationale s'arrêtait là. Un cul-de-sac. Un chemin pierreux se traînait dans l'échancrure des montagnes vers La Mouline, vers le sud, vers l'Espagne. Après, on ne pouvait se fier qu'au chemin fréquenté par les douaniers et les contrebandiers qui avaient la politesse de ne se rencontrer jamais. Quelle sagesse recelait cette inefficacité ! Et pourquoi diable les douaniers auraient-ils eu l'idée malsaine de patrouiller après neuf heures du soir, au risque de se fouler la cheville sur les cailloux ou de faire de mauvaises rencontres ? A certaines époques, ces chemins, c'étaient ceux de la liberté.

Michel Forget les avait empruntés fin 1942 avec son copain Chevillotte, un rescapé comme lui du 11e REI, le régiment le plus décoré de France, le seul victorieux en 1940. Ce n'était pas la première fois qu'il venait dans le pays ; il avait assisté là au mariage d'une de mes tantes où son apparition avait été remarquée ; cet uniforme de légionnaire flambant neuf au milieu des robes d'organdi, du tulle, du gris des jaquettes. Il avait dû faire soupirer la grosse poitrine de quelques dames des environs, ce militaire de passage. Et aussi sérieusement agacer l'abbé Lacrouste, le curé du village : il y a toujours un je-ne-sais-quoi qui cloche entre les curés et les militaires, deux uniformes, deux sacerdoces qui sont chacun en quête de suzeraineté. Entre le sabre et le goupillon, le courant passe rarement. Plus tard, beaucoup plus tard, Michel Forget devait confier qu'il aimait ce pays qui lui rappelait le Tonkin : sa chaleur douceâtre, son humidité tropicale et puis, aussi, les palmiers qui poussaient comme du chiendent.

J'imagine souvent le dernier soir qu'il a passé là en novembre 1942 avec son copain Chevillotte et deux ou trois autres lascars de la même trempe. Je ne sais s'ils ont couché dans la maison familiale sur la place de l'église, avec sa façade Empire, ou, en face, à l'auberge, chez Sallies, dont le propriétaire, M. Hourcatte, faisait office de passeur. Sans doute

Hourcatte avait-il souhaité qu'ils prennent une chambre pour la nuit à l'auberge — si on peut appeler ça une nuit —, on a beau faire de la résistance, les affaires restent les affaires.

Il me semble que je l'ai vécue, cette nuit ouverte sur l'aventure, pleine de risques et d'espérance. Il en était ainsi, les veilles d'excursion en montagne, lorsque nous devions nous lever avant l'aube pour entreprendre l'ascension du pic d'Anie, de Seguitte ou du Trône du Roi. Des nuits courtes, elles aussi, après avoir vérifié le sac à dos, la gourde, les lacets des chaussures. La sonnerie brutale du réveil. L'ivresse de partir dans la nuit quand tout le monde dort, avec ce goût du café brûlant dans la bouche. On a l'impression de faire un bruit de tous les diables avec ses chaussures cloutées. Chut, bon Dieu ! Qu'est-ce que c'est que ce boucan ? Non, ce n'est rien, ce n'est que son cœur qui bat très fort.

Avait-il dormi dans la chambre bleue, dans la chambre rose avec les deux lits jumeaux aux montants de bois où mon cousin et moi, nous nous étourdissions d'histoires pour ne pas nous endormir ? Je les imagine comme des ombres passant par le bureau du grand-père Rapin, se reflétant sur la vitre de la jolie bibliothèque Charles X en acajou regorgeant de précis juridiques, de vieilles jurisprudences de la cour d'appel de Pau, faisant craquer le plancher et crier les marches de l'escalier. Enfin, le corridor dallé avec son portemanteau, la grande porte en chêne à deux battants avec son marteau à tête de sphinge.

Et puis, dehors, l'haleine douce et tiède de la nuit, le parfum des foins coupés, l'aventure.

Michel Forget s'était-il promené, ce dernier soir, vers le cimetière aux murs couverts de mousse ? S'était-il recueilli sur quelques tombes aux noms effacés, les Rapin, les Reales, les Casteran ? Avait-il pressenti que, plus tard, y viendrait reposer sa filleule, Micheline, dont la mort, elle aussi en pleine jeunesse, si différente de la sienne, m'inspirait le même sentiment de pitié ? Deux formes du courage qui se rejoignaient : à leur manière, avec le même sourire charmeur, ils avaient devancé l'appel de la nuit.

Beaucoup de gens venaient ici, à Arette, dans les années noires. Ils n'étaient que quelques-uns au début, mais leurs effectifs grossissaient à mesure que l'Occupation s'éternisait. De drôles de touristes mal équipés pour la montagne. Des escarpins aux pieds, des valises trop lourdes, des femmes en manteaux de fourrure. Il y avait de tout : des résistants, des juifs qui avaient décousu leur étoile jaune, des apatrides pourchassés et même, vers la fin, des hommes de Vichy qui voulaient se blanchir. Ils passaient un semblant de nuit à l'hôtel Sallies dans des draps rêches que l'aubergiste ne devait pas beaucoup changer. Et, vers minuit, Hourcatte les guidait par petits paquets dans les chemins douaniers — ou contrebandiers (ce n'était qu'une simple question d'horaires) — jusqu'à La Mouline, puis, de là, au plateau de Guyers où un détachement de la Feldgendarmerie veillait. Après, c'était l'Espagne et à Dieu vat.

Cette escouade d'Allemands, installée dans une bergerie du plateau de Guyers, avec ses chiens, avait vite fait de prendre les habitudes prudentes des douaniers. Les braves pères de famille venus de Bavière ou de Souabe, qu'on avait relégués à deux mille mètres d'altitude, ayant pour seule musique le vent des cimes, pour confort des châlits en bois et, pour compagnie, celle des vautours et des ours, n'étaient pas enclins à faire du zèle. Ils appliquaient le règlement, rien que le règlement.

Les patrouilles avaient lieu avec une ponctualité impeccable. Les bergers réglaient sur elles leur montre de gousset : une à dix heures du soir, bruyante, rotante, pétante, aboyante, pour la digestion ; une autre à six heures du matin, hébétée, pour se mettre en jambes avant d'avaler un grand café de racines de chicorée.

Ces braves Boches n'avaient pas plus envie que d'autres de se faire trouer la peau. Un modus vivendi, insensiblement, s'installait : un jambon, une bouteille d'absinthe de contrebande arrivaient comme par hasard pour améliorer l'ordinaire et leur ôter le goût des curiosités mal placées. On les laissait même libres de venir chanter *Lili Marlene*, se poignarder de nostalgie dans la salle commune de l'auberge Sallies, et bouffer de la cochonnaille à s'en péter la sous-ventrière tandis que, là-haut, dans les chambres, les drôles de touristes que convoyait M. Hourcatte sentaient leurs jambes flageoler. Bientôt, les gros godillots de la soldatesque raclaient le pavé et remontaient vers le plateau de Guyers, suivis à distance par les petits protégés de M. Hourcatte.

De zèle, à mon avis, les Allemands ont été bien inspirés de ne pas en manifester trop, ce soir de novembre 1942 où Michel Forget et son copain Chevillotte avaient décidé de passer en fraude. Franchement, ils en avaient vu d'autres et de plus coriaces. Ils s'étaient battus à un contre dix à Toul, à Verdun, en 1940 avec le fameux 11e REI. Ce n'était pas maintenant qu'ils allaient se laisser intimider par des gardes-barrières. Leur Beretta d'officier, leur poignard de combat leur faisaient des passeports tout ce qu'il y a de plus en règle. Mais les braves Boches pionçaient dans leur bergerie, même les chiens, morts de frousse, s'étaient tenus à carreau.

Bientôt, le plateau de Guyers avait fait place à un paysage pelé de lichens roussis par le vent du sud. Le pic de l'Arlas glacé les regardait passer, imperturbable. On était en Espagne. On n'avait plus qu'à se laisser cueillir par la Guardia civil et à faire le stage habituel au camp de Miranda.

Hourcatte et sa femme ont fini à Buchenwald. Arrêtés en 1944, ils sont revenus mal en point. Lui est mort peu de temps après. Cela ne lui a pas été d'un grand secours de savoir qu'on avait fusillé celui qui l'avait dénoncé. Dénoncer un passeur en 1944, cela n'avait pas un grand intérêt : le marché noir de la dénonciation était en baisse et il allait s'inverser. C'était un Français qui était allé trouver le commandant de la Feldgendarmerie d'Oloron-Sainte-Marie, croyant se faire bien voir ; il l'avait plutôt mis dans l'embarras. Mais il fallait bien délivrer ce Français de son ardent désir de trahir. On avait mis la machine en route. *Achtung*, arrestation, déportation. Mme Hourcatte, elle, a tenu le coup : commère plantureuse à la voix grasseyante, elle restait ce qu'elle avait toujours été — sauf dans les années noires qui l'avaient contrainte à la pire des tortures, le silence —, la gazette du village. On était grâce à elle informé non seulement de tout ce qui se passait, mais aussi de ce qui aurait pu, ou aurait dû, se passer. Un regard, c'était une nouvelle ; un soupir, un roman ; une lettre, trois volumes. La seule chose qui la laissait muette, c'était cette période de Buchenwald.

Pourquoi ces aubergistes avaient-ils pris tant de risques pour des gens qu'ils ne connaissaient pas et qu'ils ne reverraient jamais ? Ce qui m'épate, c'est qu'ils aient été dénoncés si tard. Cela veut dire qu'ils avaient trois ou quatre cents complices car, quatre années à faire ce type de contrebande, ça ne passe pas inaperçu dans un village où tout le monde se connaît et s'épie à qui mieux mieux. Des fugitifs qui, la nuit, traversent ses rues, cela s'entend. D'autant que les bergers, les paysans ont l'oreille fine, la leur, celle de leurs chiens toujours postés en sentinelle, les oreilles des poules, des oies, du bétail, sensibles à la moindre présence insolite. Les bruits de pas sur les chemins, ça réveille à tout coup ces guetteurs-nés au sommeil léger habitués à la chasse, à la pêche, à épier les murmures de la nature qu'un rien suffit à perturber.

De cette ouïe fine, affûtée, mon cousin et moi avions fait la cuisante expérience. Il y avait une source à Cournaou, à une centaine de mètres en dehors du village, vers la montagne, où l'on allait chercher de l'eau avec une cruche en grès. Un endroit désert. La route départementale y longeait un ravin. Devant ce ravin, le maire bétonneur avait installé un banc en ciment dont les pieds et les accoudoirs formaient comme des roues dirigées vers l'abîme. Ces roues, ce ravin, la suggestion était évidente, et l'idée nous était venue de les faire se rejoindre. Coup d'œil à droite, coup d'œil à gauche, une poussée de toute la vigueur de nos dix ans, et voilà le monstre en ciment armé qui, dans un terrible vacarme, va s'écraser au fond du ravin. Nous avions pris nos jambes à notre cou. Par un sentier, nous avions regagné l'asile protecteur de la maison endormie dans la sieste. Nous nous étions glissés dans notre chambre aux persiennes closes et, prenant chacun un livre de la Bibliothèque rose, le cœur battant la chamade, nous avions mis à la hâte nos masques de petits garçons modèles qui nous avaient déjà servi le jour de notre communion solennelle. Dix minutes plus tard, le marteau de la porte ébranlait le silence de la maison. Tout un raffut. Le maire bétonneur en personne était là avec un conseiller municipal : on nous fit comparaître devant ce tribunal improvisé. Nous tentâmes de clamer notre innocence : hélas, vingt ou trente témoins oculaires pouvaient témoigner de notre forfait. Nous changeâmes aussitôt notre système de défense : coupables, nous l'étions, mais pour une noble cause : l'écologie.

Nous évitâmes la maison de correction ou, pire, le collège de Bétharram, de sinistre mémoire, où les prêtres avaient des méthodes de discipline bien à eux, qui consistaient à fouetter jusqu'au sang le corps dénudé des jeunes garçons qu'on regardait souffrir et gémir avec concupiscence. Nous en fûmes quittes pour un bon savon.

Eh bien, ces villageois attentifs à déceler le moindre bruit suspect, ces paysans qui savaient pourtant qu'une dénonciation de clandestins aurait été bien accueillie par des Allemands d'Oloron, peut-être avec un passe-droit, une petite prime, ils n'ont rien dit. Pas un n'a parlé. Ils comprenaient que ces gens qui partaient étaient dans le malheur, qu'ils ne quittaient pas la France de gaieté de cœur, mais parce qu'il y avait un grand risque pour eux à tomber entre les pattes des Boches. L'antisémitisme, on ne savait pas très bien ce que c'était dans la vallée de Barétous. Les juifs, pas très bien non plus, sauf peut-être le curé, l'abbé Lacrouste. Quant à ces grands types musclés, aux cheveux courts, qui avaient l'air déguisés en pékins dans leurs costumes civils trop étriqués, il ne fallait pas leur faire un dessin : c'étaient de braves gars courageux qui s'en allaient rejoindre de Gaulle, que rien n'obligeait à se faire casser la gueule, des types qui n'obéissaient qu'à eux-mêmes, à la conscription de leur conscience. Ils se souvenaient de leur père, de leur oncle, mort en 14, à la Marne, à Verdun, de leurs frères tués en 40 dont les noms étaient gravés sur le monument en marbre des Pyrénées, derrière l'église, et, mentalement, ils levaient leur chapeau, c'est-à-dire, en l'occurrence, leur béret. Ils leur auraient même serré la main s'ils n'avaient été des Béarnais, donc astreints par nature à une discrétion légendaire.

Le village s'était réveillé le lendemain du départ de Forget et de ses compagnons comme si de rien n'était. Il avait repris son train-train : la pêche à la truite, le cochon qu'on égorge, le boudin qu'on fait griller dans la cheminée, les chants béarnais le soir à la veillée, la messe chaque dimanche dans l'église avec les femmes en bas, les hommes en haut, dans la galerie, entonnant d'un poumon puissant des chants qui faisaient vibrer les murs de deux mètres d'épaisseur avec leur voix gutturale de gars qui n'avaient pas connu l'ablation des amygdales.

Mme Hourcatte s'en était allée porter le pain au château qui avait appartenu à je ne sais quel mousquetaire et en profitait pour tailler une bavette avec M. Le Blanc, le châtelain, conseiller à la cour d'appel de Pau, qui raffolait des potins.

Voisine de notre maison, s'élevait une grande bâtisse qui, avec ses vérandas en bois et ses palmiers, avait dû donner à Michel Forget un avant-goût des demeures tropicales du Tonkin. Une dame élégante, très belle, l'habitait. Henriette Escoubes était veuve. Elle l'avait pour ainsi dire toujours été, puisque son mari était mort sur le front en 14, un mois ou deux après leur mariage, la laissant enceinte. Cette vie en marge de la vie, loin de la rendre chagrine ou amère, l'avait épurée, spiritualisée. Mince, élégante, raffinée, elle glissait dans sa vieille maison, laissant derrière elle un sillage de fleur d'oranger. Elle semblait gaie, aérienne, primesautière comme une jeune fille que l'existence n'aurait fait qu'effleurer. Pourtant, ses yeux bleus me faisaient l'impression d'avoir été délavés par les larmes. Cette expression, *mort pour la France,* n'était pas pour elle un vain mot : elle savait ce qu'elle signifiait de sacrifices, d'existences amputées, gâchées et, pourtant, de beauté. Je sentais chez elle, dans cette vie privée d'amour, je ne sais quelle ferveur qui me faisait frissonner.

De l'autre côté du village, au bord du gave, à un jet de pierre du fronton de pelote basque, vivait la personnalité la plus singulière de la contrée. Laure de Salet descendait d'une des plus vieilles familles du Béarn, les Bonasse. Elle habitait d'ailleurs la demeure de la mère du mousquetaire Aramis, née Bonasse. Le village d'Aramits était voisin de celui d'Arette. La magnifique maison du mousquetaire nous a fait longtemps rêver, mes cousins et moi, jusqu'au jour où les pouvoirs conjugués d'un maire et d'un conseiller général ont conduit au saccage par les bulldozers de la demeure, en place de laquelle de grosses paluches bétonneuses ont édifié un hideux bâtiment de la gendarmerie nationale. Bien sûr, on reste entre gens d'armes, mais quel gâchis ! Quel mépris du passé et de l'Histoire ! La belle maison de Laure de Salet, de laquelle on entendait chanter le gave, n'a pas eu plus de chance. Un maire iconoclaste, toujours le même, celui dont nous avions balancé le banc hideux dans le ravin, usant de son droit de préemption, l'a fait détruire pour construire une halle en béton bouchant la vue et défigurant à jamais ce coin bucolique qui mêlait si harmonieusement la nature et le passé des hommes illustres.

Mais, à l'époque dont je parle, Laure de Salet, petite vieille dame énergique, pleine d'assurance, promenait ses grands chapeaux dans une atmosphère musicale. Dès qu'on approchait de sa demeure, trilles, mélodies, sonates voletaient par les fenêtres ouvertes : elle était au piano. Pour son plaisir surtout ; pour vivre aussi ; elle était condamnée à prostituer son talent pour affiner les doigts gourds des rejetons des familles bourgeoises avoisinantes et faire entrer un peu de mélodie dans leur caboche. Wagnérienne célèbre, elle avait interrompu une brillante carrière de concertiste à Paris pour venir ici s'occuper de sa mère malade. Bien sûr, elle aussi avait connu des revers de fortune. Et, d'ailleurs, dans ce village, c'était le cas de toutes les vieilles filles *comme il faut* qui avaient été élevées à Toulouse, à Biarritz, à Pau, à Madrid, dans des familles aisées, et qui venaient cacher leur existence nécessiteuse dans de vieilles demeures délabrées.

La flamme de l'esprit animait encore Laure de Salet d'une étrange ferveur. Digne, consciente de son talent, rabrouée par la malchance, elle affrontait l'incompréhension des villageois qui n'aimaient pas cette aristocrate hautaine, imbue de ses privilèges, ceux de sa caste, ceux de son art. Elle gardait la tête haute sous les lazzis, les jets de pierres sur ses fenêtres, humant le ciel de l'art, avec la bouillonnante arrogance et le sang chaud des mousquetaires. Laure de Salet avait été le grand amour et l'égérie de Tristan Derème, le poète du Béarn. Elle avait inspiré des élégies mélancoliques à ce disciple de Jules Laforgue, admirateur de Paul-Jean Toulet :

J'avais toujours rêvé d'éternelles amours
Les nôtres ont duré trois mois et quatre jours
C'est beaucoup. J'aurais pu ne jamais te connaître
Ainsi tournons la page et fermons la fenêtre
Ouverte sur la plaine immense du bonheur.

Ou

Votre visage était si pur
En ce crépuscule d'octobre
Que je sentais sur mon épaule
Se nouer un manteau d'azur.

Le poète des « Ironies sentimentales », de la « Verdure dorée », délaissé par sa muse, allait bientôt s'éprendre d'Anna de Noailles, puis de Béatrix Dussane, la grande comédienne parente de Paul-Jean Toulet.

Je me souviens de Louis, mon grand-père, traversant le village pour aller faire sa cour à Laure de Salet, armé de son grand chapeau en feutre de mousquetaire, faisant tinter sur le pavé sa canne à pommeau d'or, la barbiche blanche fière et querelleuse. Elle se mettait au piano. Il lui récitait des poèmes. C'était assez pour que, dans le village, on se mît à jaser. Aussi, parfois, lorsque le vieux don Juan passait la soirée avec la vieille muse, les villageois organisaient des charivaris, tapant sur des casseroles sous les fenêtres, criant, faisant aboyer leurs chiens pour tenter de faire fuir un bonheur indu. Vieille tradition campagnarde qui révèle chez ces êtres, pourtant espiègles et bons vivants, un fond de puritanisme, de jalousie, comme s'ils voulaient à tout prix se venger de ce manque à gagner d'adultères et de plaisirs que l'inquisition de trois cents paires d'yeux braqués sur eux en permanence les dissuadait de commettre et de prendre.

Cette mesquinerie de la province, des Français, dans un village au demeurant capable d'héroïsme, c'était peut-être à cela autant qu'aux Allemands que Michel Forget avait tenté d'échapper en traversant la frontière en fraude, guidé par ces mêmes Français qui organisaient la veille un charivari et qui, soudain pris d'on ne sait quelle lubie d'idéal, se montraient capables de risquer leur peau pour une idée plus haute que la vie.

Noirmoutier ouvrait sur l'infini

Noirmoutier ouvrait sur l'océan, sur l'infini. En regardant vers le large, assis sur une dune au milieu des oyats, à la manière des marins, il me semblait que le monde n'avait pas de limites. Je regardais les nuages qui s'enfuyaient, se livrant à de gigantesques batailles de polochons. Je humais l'air chargé de senteurs fortes et violentes, le goémon, le sel, l'iode : un air qu'on dégustait comme un morceau de santé ; un air roboratif à vous faire vivre cent ans. Centenaires, les Noirmoutrins auraient pu le devenir si le diable n'avait inventé cette piquette de mauvaise qualité qui les renversait dans les fossés avec leur bicyclette, les rendait apoplectiques, leur rongeait le foie.

Je vivais chez des pêcheurs qui m'avaient accueilli dans leur maison blanche, à l'orée d'un village, tout près de la mer. Leur bourrine était construite perpendiculairement à la dune pour offrir moins de prise au vent. Toute la famille logeait là, chacun ayant sa pièce, son appartement si on peut dire : la grand-mère Martin, Olive et Alphonse, Armandine et Francis, Jeanne et Japonais. C'était un peuple de païens auxquels les moines du monastère de Noirmoutier avaient eu du mal à inculquer les principes de l'Evangile. Ils étaient devenus aussi paisibles et généreux qu'ils avaient pu être sauvages et cruels. Michelet rappelle les coutumes en usage sur cette côte déshéritée ; le subterfuge déloyal employé par les naufrageurs : « Dès que la mer leur jette un pauvre vaisseau, ils courent à la côte, hommes, femmes et enfants ; ils tombent sur cette curée. N'espérez pas arrêter ces loups, ils pilleraient sous le nez de la gendarmerie. » Et ce naufrage, ils l'ont souvent préparé : « Souvent, dit-on, une vache promenant à ses cornes un fanal mouvant amenait les vaisseaux sur les écueils. »

Sous la gentillesse, la douceur hospitalière, ils avaient gardé intact l'instinct du pillage : lorsque la soldatesque allemande, pour s'amuser un peu, à la veille de sa débandade, fit sauter à la dynamite la maison de mes parents, construite autrefois avec des matériaux récupérés sur la plage, les villageois se précipitèrent ; ils ne laissèrent que les pierres nues.

Jeanne et Japonais menaient une vie rude. Ils ne disposaient d'aucune commodité. On faisait sa toilette sur une cuvette dans la cuisine avec de l'eau froide tirée du puits au moyen d'un seau cabossé en fer-blanc. Dans la cuisine, un monstre noir rectangulaire servait à tous les usages : la cuisinière en fonte. Tantôt assoupie pendant la nuit, tantôt ardente au réveil, elle avalait goulûment son charbon qu'elle rejetait en cendres qu'on récupérait pour nettoyer les vitres. Cette cuisinière, qui chauffait les deux pièces d'une chaleur douce, maternelle, servait à la cuisson des plats, mais on pouvait tout aussi bien y faire bouillir une marmite dans laquelle les crabes seraient immolés, faire cuire une soupe d'asperges sauvages, de *berguignottes*, ou faire mijoter dans son ventre, pour des cuissons lentes, à l'étouffée, un lièvre, un morceau de bœuf. Enfin, parce que les ressources de cette fée domestique étaient inépuisables, on employait le four à faire chauffer les briques en terre qui, enroulées dans du papier journal, feraient office de bouillottes.

Outre la cuisine où tout se passait, la maison se composait d'une chambre impeccablement rangée, endimanchée avec sa grande armoire solennelle, sa photo de mariage dans un cadre, où trônait le lit conjugal dont on escaladait les montants en bois. Mon lit se trouvait au pied de ce galion impressionnant où le couple de Jeanne et de Japonais appareillait pour de longues nuits sonores, des ronflements homériques ponctués par le tic-tac de la grosse horloge. Ces ronflements me donnaient l'impression que le galion se transformait en une locomotive hoquetante, crachant sa vapeur. Très vite, je m'endormais et je rêvais, mais, comme je rêvais aussi toute la journée, cela ne faisait pas beaucoup de différence.

Ces marins avaient une mentalité différente de celle des paysans que je côtoyais dans le Béarn. La fréquentation de la mer, élément instable par excellence, le frottement de leur cervelle à des cervelles étrangères dans les divers ports où ils relâchaient, l'omniprésence du danger leur inculquaient la religion de la solidarité, mais aussi je ne sais quelle douce tolérance. Pour eux, ni les frontières ni les langues ne signifiaient grand-chose, pas plus que pour les poissons et les crustacés qu'ils pourchassaient sans la moindre haine. Les champs, les prés sont bornés et suscitent la convoitise, tandis que la mer ignore les clôtures et ne se laisse pas découper en parcelles enfermées dans un cadastre. Le paysan lègue une terre dont ses enfants se disputeront les lopins arides avec une âpreté haineuse. Le marin pêcheur laisse la mer pour héritage à ses enfants, autant dire l'infini : un domaine qui décourage la spéculation et le procès.

Le folklore noirmoutrin était des plus limités. Peu de chansons, un patois rudimentaire, des costumes et des coiffes qui, hors de la kichenotte — le *kiss me not* —, employée contre les mauvaises manières de l'envahisseur anglais, n'exprimaient aucune tradition. La rudesse de la mer et du vent empêchait le folklore de se perpétuer ; il s'envolait comme le sable volatil dont était faite cette île alors qu'il s'accroche comme un lichen tenace sur les côtes granitiques de la Bretagne proche.

L'église au milieu du village, mal reconstruite après les ravages des Bleus, n'était là que pour apporter un peu d'espoir. Elle donnait également l'heure de son gros œil cyclopéen et, grâce à la girouette qui surmontait le clocher, le sens du vent.

Ce n'était pas un hasard si cette girouette touchait la croix de la miséricorde : on faisait appel à Dieu pour apaiser les tempêtes. On priait pour que les fils, les frères, les maris réchappent de leur furie. Que de fois j'ai assisté dans l'église à ces offices en larmes quand un navire s'était perdu corps et biens et qu'on n'avait plus pour ressource qu'interjeter appel à l'impitoyable dieu de la mer.

Cette île longue, très peu défendable aux invasions, n'avait comme force de dissuasion que son église dont la flèche était visible partout où on allait au-dessus des quadrilatères multicolores de marais salants bordés de genêts d'Espagne, et son château fort moyenâgeux aux quatre tours ayant survécu aux foudres de Richelieu. Après les Barbares, les Hollandais, les Anglais qui avaient fait ici leurs razzias, les Bleus de Carrier avaient mis à feu et à sang les villages des irréductibles chouans. La ville basse, près du port, le Banzot, avait été le théâtre de tueries républicaines. Quant à l'héroïque général chouan d'Elbée, il avait eu l'honneur d'être fusillé dans un fauteuil sur la place du château. Place qui porte encore son nom, ce qui montre que la République n'a pas arrimé ici encore très solidement sa légitimité.

Le cimetière de l'Epine, qui abritait les corps d'une cinquantaine de marins anglais noyés dans le naufrage d'un contre-torpilleur en 1943, révélait que la guerre, là aussi, avait laissé ses traces ailleurs que sur le monument aux morts. Le récit de ces noyés anglais que la vague poussait sur le rivage, les cheveux mêlés d'algues, me faisait frémir. Leur jeunesse s'était fixée à jamais ici, sur cette belle plage de sable fin qui formait un doux arrondi jusqu'au phare de la pointe du Devin. Que de fois, adolescent, j'ai jeté les yeux dans cette direction. Je scrutais l'horizon. Comme le cœur me battait le soir en voyant clignoter la lumière verte du phare ! A la pointe du Devin, enfouie dans le sable, près d'un bunker, se trouvait la maison du commandant Bernard, un ami de Michel Forget, un riz-pain-sel au visage de proconsul qui, avec ses yeux mi-clos, sa lèvre placide et boudeuse, avait un faux air de François Mitterrand. Il était venu ici chercher le souvenir de son ami disparu. Il avait acheté une maison. Et sa fille aux yeux bleus venait nous rejoindre sur la plage. Je voyais au loin sa robe rouge, comme un point sur l'horizon qui, dangereusement, se rapprochait. J'avais envie de m'enfuir. J'en venais à espérer qu'elle ne vînt pas tant sa présence infligeait un supplice à ma timidité. La fille du commandant Bernard, d'une autre manière que *la femme de chambre de la baronne Putbus*, incendiait mes nuits adolescentes : elle y jetait l'espoir, la crainte, le bonheur, la jalousie, la passion, le rêve ; des feux qui ne se sont jamais éteints.

Mes cousins possédaient une villa balnéaire, les Pignadas, au bois de la Chaise, sous les pins humides, construite dans le style tarabiscoté du début du siècle lorsque l'île, sous l'influence du marquis de Dampierre, était devenue à la mode. C'était le coin chic avec sa plage snob, les Souzeaux, ses grands gommeux sportifs, ses femmes du monde qui faisaient leurs emplettes de bras musclés en étranglant un bâillement d'ennui devant le court de tennis en terre battue de l'hôtel Saint-Paul. Sur des plages aménagées où s'alignaient les cabines de bain peintes en blanc qui servaient à ranger les gilets de sauvetage et les filets à crevettes hors d'usage, des maîtres nageurs organisaient des jeux idiots pour calmer les ardeurs de la marmaille, pendant que les mamans doraient leur peau au soleil ou allaient la prêter, aux heures furtives de la sieste, aux caresses moins platoniques d'un amant chez Mme Epaillard, qui tenait une auberge discrète propice aux couples illégitimes.

C'est sur l'une de ces plages, l'Anse Rouge, que s'est fixée à jamais l'image de Michel Forget avec son sourire de jeune vainqueur. Il était en short et en chemise blanche, ce short colonial blanc très large qu'il devait porter à Cao Bang. Il souriait à la vie, aux femmes : c'était son dernier été. Il hésitait à repartir pour l'Indochine. Pressentiment, lassitude ? La guerre là-bas ne l'amusait plus. Il s'était battu par deux fois sur le sol français, en 1940, en 1944, y échangeant contre un peu de son sang des décorations prestigieuses. Mais maintenant il se posait des questions. Il se demandait si la France, qui avait proclamé le droit des peuples à disposer d'eux-mêmes, avait vraiment une mission civilisatrice à mener en Indochine. Par inertie, par paresse, les gouvernements de la IVe République mêlaient l'antimilitarisme et le colonialisme, l'affirmation des Droits de l'homme et la répression des nationalismes indigènes. Pour aller risquer sa peau dans ces conditions, il fallait être aveugle ou avoir ancrée en soi une notion bien trempée de l'honneur. Il est vrai que, quand on a choisi la Légion, ce n'est pas précisément pour réfléchir et se poser les questions qui tracassent les abonnés du *Monde diplomatique*. Ces interrogations, il les faisait taire grâce à ce grand principe tant employé, tant dévoyé, mais qui servait toujours : le devoir.

Mes parents n'avaient pas gardé rancune aux villageois de l'Epine du pillage de leur maison. Parfois, par hasard, ils retrouvaient chez l'un ou chez l'autre des meubles ou des ustensiles qui leur avaient appartenu. Ce mauvais côté, ce vieil instinct de pirate côtier, était contrebalancé par le sens de l'hospitalité : des voisins leur avaient prêté deux grandes pièces désaffectées blanchies à la chaux en attendant qu'ils puissent reconstruire leur maison. C'est ainsi que j'avais atterri chez Jeanne et Japonais.

Mes parents gardaient en revanche un mauvais souvenir des fermiers vendéens du continent, les « danious », chez lesquels, au cours de randonnées à bicyclette, ils tentaient de s'approvisionner après la guerre. Traversant le Gois, cette longue chaussée qui reliait l'île au continent à marée basse, ils allaient de ferme en ferme, négociant les œufs, le beurre, le lait avec des paysans avides qui profitaient de la situation et abusaient de la licence que leur offrait le marché noir. Ces fermiers pauvres ne faisaient que reproduire sur de plus faibles l'exploitation dont ils étaient eux-mêmes victimes. Les quelques sous qu'ils engrangeaient ici ou là sur le dos du malheur ne les ont pas conduits à de grandes prospérités.

Cela n'était pas le cas des grands propriétaires du Bocage vendéen qui les tenaient entre leurs serres d'acier, les asservissaient, brandissant au-dessus de leurs pauvres têtes la menace de leurs dettes, de baux léonins et, quand il le fallait, d'hommes de loi et de juges sans pitié.

Ces hobereaux, ces riches fermiers enrichis grâce à leurs bœufs, à leurs œufs et à leurs fromages, je ne les ai connus que plus tard, à la faveur d'un bizarre mariage contracté par mon frère dans une de ces familles auxquelles il ne manquait que le pinceau de Balzac et de Maupassant pour qu'elles rejoignent leurs illustres cousins de l'Anjou, du Poitou, de la Basse-Normandie.

Je me souviens d'une de ses plus dignes et imposantes représentantes : Mme Bachelier, une douairière plantureuse à la poitrine fastueuse, le chignon impeccable, fermé par une épingle ornée d'une perle, qui parlait haut et sec dans un tremblement de joues, de bajoues et de double menton. Habillée tout de noir, le cou enserré dans une collerette de broderie blanche amidonnée, elle trônait dans une grande maison de maître sans charme, sise sur la place du village de Bouaye et régnait sur une bonne trentaine de métairies des environs — leurs bêtes, leurs champs, leurs lapins, leurs rivières, leurs pêcheries —, d'une main sans faiblesse que le doute n'avait jamais fait trembler. D'une grande courtoisie froide, on sentait en elle la majesté que confère l'argent, un pouvoir despotique exercé sans frein sur des fermiers et des vachers apeurés. C'était une Catherine II du bocage : la moitié de l'étang de Grandlieu lui appartenait — l'étang le plus grand de France — et, à ce nom de Grandlieu, contrairement à elle qui en mesurait les ressources en pêcheries, en tanches, en carpes, en brochets, en canards sauvages, je songeais à Balzac, à la duchesse du même nom, un délicieux viatique pour s'échapper de ce monde un rien matérialiste.

Pieuse, Mme Bachelier assistait à la messe tous les dimanches en chapeau au premier rang. Elle regardait le prêtre comme le garde champêtre spirituel de ses métayers. L'obole du denier du culte ne lui paraissait pas inutile si les principes religieux, qu'à coups de confessions et de sermons on assénait sur leurs caboches, pouvaient leur ôter la manie du braconnage et, chez les femmes, d'impudents désirs de larcins. Religion toute positive qui, comme un cadenas moral supplémentaire, permettait de conserver hors de toute convoitise broches et petites cuillères en argent. Quant à elle, si elle était chrétienne par le baptême, elle était avant tout propriétaire, possédante, et les mille et un prêches du curé, l'Evangile, les principes de miséricorde n'auraient pu entamer d'un pouce son orgueil d'être riche, ni attendrir le mépris qu'elle vouait à ceux qui n'étaient rien, qui dépendaient d'elle, de son pouvoir autocrate et qu'elle plaçait au rang de choses.

Recevant avec une politesse cérémonieuse, ne supportant pas la contradiction sur les sujets de sa compétence, elle tenait sa maison comme le reste, avec fermeté. Les meubles, les parquets astiqués luisaient. On ne lésinait pas sur la cire, sur la brosse, encore moins sur l'huile de coude. Tout était propre, impeccable et ennuyeux dans ce décor qui ne visait qu'à donner une impression d'honorabilité. Quelques gros meubles rustiques voisinaient avec des buffets, des canapés, des fauteuils Henri III recouverts de chintz, tout cela acheté à grand prix chez Decré, le magasin chic de Nantes.

Sur la table de la salle à manger brillait un service de baccarat. De belles assiettes témoignaient de l'opulence. On y déjeunait et dînait copieusement. Les excellents vins dans les carafes remplissaient une multitude de petits verres. On servait des plats à l'infini comme autrefois, à l'époque où l'on restait quatre heures à table, la serviette nouée au col, jusqu'à l'indigestion ou l'apoplexie. Poissons, viandes, rôts, entremets se succédaient à une cadence infernale. Avec le coup de grâce, les digestifs, le frontignan, les alcools de derrière les fagots.

Dans une grande bibliothèque vitrée de style Napoléon III, s'alignaient les œuvres complètes de Paul Bourget, Max du Veuzit, A.J. Cronin, Daphné Du Maurier. Il s'y mêlait des ouvrages pieusement reliés concernant des choses plus sérieuses : le droit de fermage, les fièvres bovines, le mildiou. Le tout était bouclé à double tour par une des clés qui composaient l'abondant trousseau que Mme Bachelier ne quittait pas de l'œil. On ne sait jamais. Ces romans à l'eau de rose et au sirop d'orgeat auraient pu donner des idées aux bonnes, amollir leur esprit, les faire rêvasser, incliner à la nonchalance des bras voués à la besogne exclusive du lavage, du repassage et de l'astiquage ! Ces lectures pouvaient avoir une mauvaise influence sur les enfants, les garçons surtout : éveiller chez eux le désir de monter à Paris, d'y connaître des femmes, de se livrer à la débauche, au jeu, à toutes ces dépravations qui, ajoutées aux maladies vénériennes, pouvaient les rendre impropres à assumer leur austère devoir de propriétaire terrien.

Telle qu'on l'apercevait, digne et opulente, dans la demi-pénombre, au milieu de ses cuivres astiqués, Mme Bachelier ressemblait à ces matrones qu'on aperçoit dans les tableaux de Frans Hals, femmes de bourgmestre ou de bailli comptant d'un air méticuleux leurs pièces d'or dans la paix harmonieuse du commerce prospère.

Le cœur gros et dur qui battait sous son énorme poitrine était loin d'être en paix. La sagesse affichée n'était qu'une apparence trompeuse. Les passions la dévoraient.

Veuve, elle avait connu un grand bonheur, celui d'avoir un fils, mais, très vite, un grand malheur qui lui était associé : celui d'avoir une bru. D'autant que ce fils, elle l'avait perdu, et que cette bru lui demeurait comme une épine dans la chair car elle était la mère de sa petite-fille sur laquelle elle reportait toute la passion autrefois vouée au fils disparu. Quand le nom de sa bru venait dans la conversation, son œil d'un bleu profond fonçait comme la mer sous l'orage. On y voyait passer des lueurs de crime, de vengeance. Des sentiments de vindicte cuits et recuits, filtrés dans l'alambic de son âme dépourvue de compassion, l'assaillaient, la hantaient, l'obsédaient. C'était une haine pure, totale, absolue, comme l'était son amour pour sa petite-fille, tout aussi primaire, aveugle, irréfléchi. Hors ces deux sentiments opposés qui tyrannisaient son cœur, le reste n'était qu'intérêt, calculs, tractations sournoises, manœuvres insidieuses pour étendre son empire dans le Bocage, en sucer plus âprement la moelle et le lait.

Loin de connaître l'afféterie et l'affadissement des mœurs urbaines où l'on compose chaque jour avec ses ennemis, où l'on pactise avec leurs complices, ses sentiments d'exécration venus du fond des âges conservaient leur aigre bouquet comme un acide dévastateur logé dans la carapace d'un cœur, qui ignorait la tempérance et la modération. Mme Bachelier était, touchant sa bru, d'une haine insatiable, comme ces femmes de Vendée dont le sang circulait dans ses veines : lorsqu'elles attrapaient un Bleu isolé entre leurs griffes, elles le défenestraient, l'écorchaient, le découpaient en rondelles, jetaient ses membres dans une fosse qu'elles comblaient de pierres avant d'y ajouter du purin et d'y faire flamber des brassées de ronces dont elles piétinaient les cendres ; puis, un peu apaisées, elles s'en allaient donner le sein à un nourrisson rougeaud qu'elles berçaient en lui chantant des hymnes hérissés de vengeance contre les Bleus, la Révolution, ou de douces paroles pleines de cette miséricorde chrétienne dont elles venaient tout juste, un peu rudement, d'illustrer les vertus.

Cette bourgeoisie terrienne différait évidemment beaucoup, autant dans son essence que dans son existence, de tout ce que nous avions alors connu dans notre famille. Je me souviens de l'arrivée de mon grand-père dans cette maison pour les fiançailles de mon frère : l'air bougon, juché sur ses préjugés, insupportable de morgue, il entendait manifester sa désapprobation d'ancêtre. Son mécontentement tenait moins à un sentiment de mésalliance qu'à sa rage de trouver ici le public le moins disposé qui fût à savourer la richesse de sa personnalité : il sentait à juste titre que ses anecdotes sur Ingres, sur Degas, sur Renoir, ses morceaux de bravoure sur la galerie des Offices, l'église des Gesuati à Venise, tout cela, ici, ferait chou blanc. Aussi, lui qui était habitué à voir s'étaler sur les tentures les œuvres d'art les plus belles et les plus raffinées, dévisageait-il les murs avec fureur ; ceux-ci auraient pu se contenter d'être nus, d'une austérité monastique, d'une rustique modestie, mais non, ils étaient couverts de cadres contenant des photos qui mettaient en valeur les responsables de la richesse familiale : non les grands-parents, aïeuls d'ailleurs étrangement absents, mais celles d'un bœuf charolais primé, tout en muscles, en cuisses, en rumsteck, d'une vache laitière tout enrubannée, de truies, de cochons apoplectiques, d'énormes taureaux à l'œil mauvais, le nez traversé d'un anneau. Des dates, des noms de races, des médailles gravés sur le cadre attestaient les sangs non mêlés de ce gotha de bovidés et de porcidés.

Mon grand-père jetait sur ces exhibitions de comices agricoles un regard d'un insondable mépris. S'enfermant dans un mutisme souverain, il arguait de sa surdité pour se soustraire aux obligations de la conversation. Il enrageait ferme. Il s'évadait discrètement de ce public de parents et d'alliés sur leur trente et un : avoués au crâne tonsuré, vétérinaires replets avec leurs épouses fraîchement oxygénées, muettes ou caquetantes, autant de paires d'yeux qui n'avaient jamais été éclairés par le spectacle des paysages de Corot, de Claude Gellée ou du Primatice, d'oreilles dont les suaves sonorités des noms de Fragonard, Piero della Francesca, du Bernin n'avaient jamais dégrossi l'épais tympan.

Les myriades d'apéritifs, de digestifs multicolores dans leurs carafes de baccarat, les escouades de verres à liqueur l'enveloppaient dans une brume rêveuse, l'oreille morte. Fermé dans son acariâtre surdité, ne lui parvenaient que les échos atténués d'une conversation pleine de provincialismes, de minuscules et insipides papotages, de banalités énoncées de manière endimanchée, la bouche en cul de poule, le petit doigt levé. Il enrageait, son vieil instinct de séduction au repos, car dans ce milieu si défavorisé par l'art, la nature revêche ne lui offrait même pas un joli minois, une jeune fille gracieuse, une de ces jeunes paysannes accortes, de ces Louison, Manon ou Suzon des pastorales de Watteau.

Non, sur les murs, impavides, arrogants, seuls les vaches et les taureaux décorés, la mamelle orgueilleuse, l'organe reproducteur en sautoir, le fixaient et le narguaient. De fureur, il avait envie de leur tirer la langue.

Cette exhibition permanente de bovidés produisait sur moi un effet tout différent. Je ne pouvais m'endormir le soir sans qu'aussitôt ils sortent de leur cadre et m'assaillent comme les personnages d'*Animal Farm* d'Orwell. J'étais poursuivi par des taureaux exhibitionnistes qui me jetaient à la figure leurs couilles prodigieuses et par des vaches laitières nymphomanes qui me secouaient leurs gros nichons sous le nez.

Le cœur de cette maison, si sympathique et accueillante au fond, quand on ne la regardait pas avec les prétentions aristocratiques de mon grand-père, c'était un meuble énorme dissimulé derrière une tenture dans la bibliothèque : le coffre-fort. Brillant de serrures, pétant de blindage, on l'ouvrait pour y ranger l'argenterie, et ses entrailles révélaient un salmigondis d'objets plus précieux les uns que les autres : contrats de fermage, dettes impayées se mêlaient à des bons du Trésor, à quelques lettres anonymes ou de chantage, à des correspondances illicites dont on pouvait faire un intéressant usage procédurier, à des bijoux et, qui sait, à des fioles qui contenaient encore, un peu éventé certes, mais toujours vert, le sperme de quelques taureaux primés ou de quelques gorets à la saillie miraculeuse.

Lorsque, dans la voiture de mes parents, je voyais

les panneaux indicateurs proposer les directions, j'avais le tournis : tant de villes, tant de villages dont les noms, les sonorités chantaient des chansons différentes : Bouaye, Machecoul, Saint-Léger-des-Vignes, Bouin, La Roche-sur-Yon, Fromentine, Les Sables-d'Olonne, Préfailles, tout se mêlait, les bains de mer, les martyrs, la victoire des Chouans armés de fourches, la répression des Bleus, le génocide de Carrier, l'étang de Grandlieu, les couilles de taureau, le Gois avec ses balises ; saint Philibert, Charette, d'Elbée fusillé sur son fauteuil ; les noms flottaient sur cette terre de bocage rassasiée de crottins, de haine et de sang. Et par-dessus tout cela, un ciel, une lumière intense dont la pureté amnistiait les crimes des hommes.

La France est un pays imaginaire

La France est un pays imaginaire. Aussi n'ai-je pas grand scrupule à avouer que j'ai plus appris sa géographie avec ses peintres, ses écrivains, ses poètes qu'avec Vidal de La Blache ou la grande carte de l'école primaire suspendue à côté du tableau noir. Sa géographie physique, les fleuves, les plaines, les forêts, les montagnes, les frontières naturelles, les voies navigables, ses hauts lieux, le mont Gerbier-de-Jonc, le plateau de Millevaches, le Mont-Blanc, le Vignemale, le grand système veineux de ses fleuves, l'architecture nerveuse de ses voies de communication, a moins d'intérêt pour moi que n'en a cette géographie toute subjective et mentale. Je m'y promène au toucher, à l'odorat, en fermant les yeux comme, dans la pénombre, on approche le corps d'une femme endormie qui frémit doucement sous la caresse. Tout comme le pont de Mantes n'existe que parce qu'il a été peint par Corot, Honfleur parce qu'elle a prêté son ciel gris à Boudin, la montagne Sainte-Victoire parce qu'elle a été l'objet des assauts tempétueux de Cézanne, Arles, Cassis, La Roche-Plate, Valvins, Etretat, Cabourg, Manosque, Guéthary seraient des lieux à jamais dépourvus d'intérêt et impropres aux jeux de l'imagination si Van Gogh n'avait jeté sa palette violente sur les coquelicots, Renoir habillé de lumière les rochers, Berthe Morisot enveloppé de tulle les fillettes aux joues roses, Mallarmé hissé sur la Seine la voile de sa yole et de ses songes, Monet violenté d'éclats lumineux les falaises de craie, Proust épié le lesbianisme des jeunes filles en fleurs, Giono observé à travers la persienne les turpitudes homériques de ses paysans cruels, Paul-Jean Toulet donné une demeure à sa dépouille et des ailes à ses vers.

Cette France, je l'aimais réinventée par Michelet sous les traits d'une femme, si charnelle, si sensuelle dans son *Tableau de la France*. Il la dorlote, l'embrasse, la câline avec la fougue jalouse d'un homme mûr épris d'une adolescente, qu'il presse de questions, étouffe de baisers, couvre de cadeaux, sachant que, si son cœur est bon, sa nature est femme, donc perverse, traîtresse, ombreuse, maléfique, artificieuse ; comme un vieil amant, il refait sans fin son histoire avec d'autres pour deviner l'étiage de ses faiblesses et de ses voluptés, comptant sur sa peau et sur ses veines les cicatrices, les meurtrissures de tant de violences, de batailles ; il l'aime d'un amour douloureux d'enfant tyrannique et de vieillard impuissant.

Mais revenons à l'essentiel, à soi, qui est, quoi

qu'on dise, la mesure de toute chose et, donc aussi, de la France.

Je ne sais plus y démêler le vrai du faux, le rêve du réel. Si je pense à la région de Laon, à Vailly-sur-Aisne — nom qui n'est pas pris au hasard puisqu'il est à l'origine de ma famille, pour ne pas dire de ma généalogie, terme dont se gargarisent ceux qui croient que d'autres, en existant, les ont dispensés d'être —, je ne sais plus ce qui, réellement, m'y attache : est-ce parce qu'un jeune homme nommé Stanislas, fils de notaire, a jeté ses précis de droit et s'est engagé comme officier de santé dans l'armée de Dumouriez, puis, fait prisonnier à Maastricht et détenu en Bohême, est revenu à Paris et y a fait souche ? Ou bien est-ce parce que le cardinal de Bernis a passé ici, à Vic-sur-Aisne, un long exil dans une de ces riches abbayes, éclairé par les ressources de l'étude, de l'amitié et du pardon, à planter des arbres rares que lui fournissait Pâris-Duverney, son inoxydable ami dans la disgrâce ? Tout cela pourtant se mêle en images et en parfums particuliers qui ne se confondent avec rien d'autre.

De même que si je pense à la Provence, tout de suite me viennent des impressions chantantes, les nuits douces de Donzère, le château au sommet du village, les ruines moyenâgeuses, les chambres aux fenêtres tamisées par les persiennes, qui, le soir, laissaient passer la fraîcheur et la stridulation des grillons. Et tout aussitôt survient le souvenir de Solange, de son corps et de sa lèvre blessée, sa tendresse fougueuse, ardente, de jeune fille qui, de la vie, ne voyait que le bon, le cœur, ce cœur qu'elle donnait, prodigue, comme si elle cherchait à cacher un mal secret dans la nuit de l'étreinte. Je lui apportais un cœur neuf et des vers d'Aragon chantés par Léo Ferré :

Et j'ai flambé comme un genièvre
A la Noël entre tes bras
Je suis né vraiment de ta lèvre
Ma vie est à partir de toi.

Une jeune fille dans un château de Provence, son père qui aurait bien voulu m'infliger le supplice d'Abélard et moi qui lui apportais des poèmes, comment aurais-je pu ne pas me prendre pour un troubadour ? Quel dépaysement ! Je découvrais le monde des châteaux, mais aussi des noms de lieux qui chantent encore : La Garde-Adhémard, Grignan, Valréas, Dieulefit, Pont-Saint-Esprit. Et ce Rhône que je contemplais et dans lequel je jetais tristement des pierres pour calmer la souffrance que m'infligeait l'infidélité de Solange ; il cavalait avec ses eaux tumultueuses, irriguant la France gallo-romaine pour finalement s'assoupir au milieu de ses alluvions comme un ivrogne au milieu de ses bouteilles. Là-bas, en Camargue, survivait aussi le souvenir de Solange : je lui écrivais des lettres enflammées au mas de Capette par Vauvert, Gard. Elle me semblait lointaine, irréelle, perdue à jamais et pourtant toujours retrouvée au milieu des chevaux, des taureaux, des gardians, des ajoncs, des flamants roses. J'ignorais alors qu'elle rejoindrait ceux qui partent de la vie avant l'heure, et qu'elle enjamberait elle aussi cet obstacle qui nous retient de tomber dans le vide du temps. Ses cendres, comme elle l'a voulu, ont été dispersées sur cette terre marécageuse, de nature sauvage et de bêtes indomptables. Elles ont jeté à jamais sur cette terre de marais une lumière dorée, teintée de rose, la même, exactement, qui tombe sur le petit cimetière d'Arette dans le Béarn, tandis que les vaches aux longues cornes rentrent de mauvaise humeur de leurs pâturages.

Pour être franc, ma généalogie véritable, mes origines, mes racines sont dans des lieux où je n'ai même jamais mis les pieds mais qui me parlent une langue familière, douce, maternelle, comme si j'y avais passé de longues vacances heureuses ou des nuits d'amour. C'est Verrières, cette bourgade de Franche-Comté avec son torrent qui dévale les pentes du Jura, sa fabrique de clous, sa scierie, son maire, M. de Rênal, qui plastronne depuis qu'il a fait construire sa promenade publique soutenue par un parapet « pour laquelle il a dû faire trois voyages à Paris ». Et dans sa redingote râpée, un jeune homme qui rêve sur le *Mémorial de Sainte-Hélène* en serrant les poings.

C'est le château de Clochegourde, près de Saché, sur l'Indre, où un adolescent timide, un vieil officier ombrageux et une jeune femme rêveuse et valétudinaire marivaudent, mêlant la mort et les séductions trompeuses de l'amour platonique. Je l'avoue, j'ai aimé lady Dudley. Avec quelle furieuse audace je l'ai prise à son mari, le vieux lord débauché ! Dieu que les nuits avec elle ont échauffé mon cœur et mes sens. C'était comme si je sentais le feu de sa cravache sur mes reins.

Si je remonte vers le Nord, que j'ai si peu fréquenté, c'est vers Arras, sur le chemin de Gand que je fais halte : là, sous une pluie battante qui détrempe la route, hache le paysage, jette ses flaques de gadoue sur les flancs des chevaux jusqu'aux épaulettes dorées des mousquetaires rouges, je suis le jeune Géricault sur son robuste cheval bai dont le poil fume ; je sens l'eau de pluie qui s'insinue sous le col et lui coule le long de l'échine. Et ce paysage détrempé, désespérant comme une vie sans amour, comme la défaite, ce sol lourd de plaine vide, ce ciel éteint et cafardeux, la monotonie de la pluie, c'est Aragon qui me les rend tels que je ne les verrai jamais, tels que je ne veux pas les voir, plus vrais que vrais au point que je sens l'eau qui dégouline et que j'entends le floc-floc des sabots dans la boue.

Comment Aragon a-t-il pu aimer à ce point la France ? Est-ce dans l'Argonne, en 1914, qu'il s'en est épris au point de l'avoir ainsi dans la peau ? Etait-ce elle encore qu'il allait chercher à Moscou pour y mieux voir briller de loin la flamme de la liberté ? A quelle rancœur puisait-il sa haine quand il l'insultait ? Mais quel amour pour l'avoir retrouvée dans la Résistance, quand il écrivait :

La France de toujours que la géographie
Ouvre comme une paume au souffle de la mer
Pour que l'oiseau du large y vienne et se confie.

Dans ce Nord, non loin d'Arras, près d'Amiens, Paul Guilbert avait ses racines, à Dury où il avait été élevé par des veuves tout en noir qui empesaient le col rond de ses chemises. Il les emportait à Paris dans sa valise d'étudiant, au milieu des volumes de Taine, de Renan et de Thibaudet qu'il lisait en caressant sa tignasse et en grillant des cigarettes à la table du café Le Chien qui fume.

Je fais un détour par la Bretagne parce que, d'Amiens à Saint-Brieuc, il y a un lien dont je suis le seul à connaître le secret, un secret douloureux et grave, comme l'amour, comme la mort. Deux villages sur la côte, Plédran, Val-André, qui me font venir les larmes aux yeux. Je revois le cimetière ouvert sur la mer, la tombe de Simone Gallimard. Une autre tombe aussi pour une jeune fille. Et je m'en vais seul avec l'impression d'une injustice plantée dans le cœur.

Je cours pour oublier, pour ne plus penser. Je vais en Vendée où j'ai été heureux, à Jard-sur-Mer, dans cette maison où un jeune chanteur russe courtisait effrontément la femme que j'aimais avec cette hardiesse slave qui me donnait envie de le boxer. Je trompais ma jalousie en me réfugiant dans la maison de Clemenceau, protégée par une haie de rouge-de-mer, où le vieil homme, abandonnant le tumulte de la Chambre, l'horreur de la guerre, affrontait le seul élément qui ne pouvait plier à sa volonté : l'océan. Je l'imaginais telle une statue de granit, les embruns venant s'accrocher à ses moustaches blanches.

Je descends obliquement par la côte, comme font les hirondelles quand elles émigrent des pays froids pour aller vers leurs amours, je descends jusqu'à la Garonne. Là, entre les pins qui murmurent et les vignes froissées, se tient un jeune homme hypocondriaque et sensuel qui hume les parfums de l'air tiède du soir — si peu favorable à ses bronches fragiles —, Mauriac s'enivre de l'odeur de miel, du pollen, et lèche sur ses lèvres le sel qu'y dépose la brise de l'océan. Sur la terrasse de Malagar, le vieux jeune homme prolonge ses rêves en arrachant délicieusement les épines que la foi chrétienne a plantées dans son cœur, en se grisant de regrets doux comme le vin de ses vignes dont on extrait la liqueur en pressant des grappes confites dans la chaleur de l'été. « Ce qui reste, ce reflux et ce flux du sang, je l'écoute dans une oisiveté profonde que je ne goûte qu'ici, sur la terrasse, la tête appuyée contre un tilleul ; je caresse lentement le pelage de mousse en chantonnant. »

Plus loin encore, je vais m'incliner à Guéthary sur la tombe de Paul-Jean Toulet et sur celle de François de l'Espée. Je revois la Rhune dans le couchant, et le soir reviennent des images qui ont l'odeur anisée de l'alcool de contrebande : les éclats de lumière du Toro de Fuego, une jeune fille anglaise au rire clair et aux lèvres parcimonieuses que je courtisais dans le cimetière d'Arcangues, entre les tombes, à l'ombre du monument funéraire de Luis Mariano.

Retour au Béarn, à Pau pour saluer la ville de Toulet qui « ne charmera personne par la mollesse ou l'abondance. En vain y chercheriez-vous l'aisance d'être heureux sous un ciel tendre. Ce n'est pas la fille un peu grasse des jaunes moissons ni des vendanges rouges, prête à rire pour un rien et pour un rien qui s'abandonne. Malgré que cette montagnarde dise sa nonchalance et que de moelleuses vallées, tout autour d'elle, en fassent une espèce de fausse maigre, elle est âpre en vérité, sobre, ardente et brune ».

A Carcassonne, dans les corridors d'ombre relevés par Viollet-le-Duc, je visite un homme à l'échine fracassée par une balle reçue à Vailly-sur-Aisne où il combattait en face de Max Ernst : priapique mental, ithyphallique épistolaire, ne songeant qu'aux femmes qu'il ne peut plus prendre, Joe Bousquet accueille sur son lit d'inépuisables infirmières du cœur à qui il récite des poèmes et adresse des lettres pleines de sensualité frustrée.

D'un coup d'aile, je rejoins Nice, la pension Mermont, le cours Garibaldi, le lycée Gambetta que fréquentait le jeune Kacev quand il rêvait d'être Romain Gary, d'avoir accès aux aristocratiques courts de tennis, à ce monde de fastes et de paillettes où évoluent de grands acteurs, Mosjoukine, des actrices blondes. Je le vois dégustant une socca, une galette de maïs, dans un bistro du vieux port tandis qu'une belle de nuit se peint les ongles et que les proxénètes flegmatiques jouent à la belote. Je songe que c'est là qu'il a pris son envol, qu'il a contracté ce virus de la France, si léger quand il s'agit de jouer avec les mots et si lourd de contradictions quand il s'agit de vivre. Dragueur de filles, rêvant sur une carte du monde enchanté de postes diplomatiques, hanté par des aventuriers farfelus, des idéalistes, des écologistes, des gaullistes et autres illusionnistes et alchimistes chargés de changer en or le plomb de la vie, il apporte de sa steppe russe, du ghetto, une ironie broyée au noir, l'art d'enchanter le réel et l'irrésistible balalaïka des nostalgies. Français lui aussi par les rêves partagés et par le sang versé, comme les légionnaires rescapés des divisions allemandes, croates, russes qui, à Cao Bang, sous les ordres clairs de Michel Forget, montaient à l'assaut des pitons viêt-minh en criant « Vive la France », ces mots magiques qui leur accordaient dans le même instant le sacrement du baptême et celui de l'extrême-onction. A Nice aussi, dans ce lazaret qui filtrait les grands malades de l'Europe centrale qui voulaient se guérir, par une cure d'universalisme, de leur langue asthmatique à usage restreint, dialecte râpeux de Bosnie, d'Herzégovine, ces alphabets improbables, inexportables où les *z* succèdent aux *w*, les *k* aux *y*, des idiomes de Cracovie, de Brno ou de Dantzig, Guillaume de Kostrowitzky vient chercher auprès de sa mère frivole qui se ruine au jeu la martingale du bonheur. Pour devenir français, il paie sans compter de son sang : il s'engage dans l'armée, dans l'amour. Blessé à la tête par un éclat de shrapnell, blessé au cœur par Louise de Coligny-Châtillon, Lou, qui le trompe, le lui avoue, il mêle la folie amoureuse et les ardeurs guerrières ; il érotise la patrie, il pindarise sur le pioupiou ; il sanctifie l'infidèle, compare ses seins à des obus, sa verge à un canon de 65 sans recul, son orgasme à l'explosion des grenades, le parfum de ses cuisses à celui de la poudre ; il perd la tête au point qu'on le trépane pour en extraire un éclat et il meurt guéri, c'est-à-dire français jusqu'au bout des ongles, de sa langue. C'est ainsi qu'il est devenu Apollinaire.

En Corse, dans cette terre africaine, je baignais ma jeune ambition dans les eaux turquoises de la plage de Salleccio. Une protectrice, Paule de Beaumont, m'apprenait à barrer un instable dériveur et me donnait quelques cyniques conseils d'existence. Tandis que le libeccio m'accablait, que le sirocco m'énervait, chahutant mon esquif instable et m'envoyant boire la tasse dans une eau bleu marine, je humais des essences surchauffées de myrte, de thym, de lavande avant de sombrer devant Saint-Florent qui reproduisait pour moi, avec ses pans de murs ocre, un parfait paysage de Corot.

Comme j'en oublie de ces lieux qui, comme Orléans, Beaugency, Notre-Dame-de-Cléry, Vendôme, chantent encore dans ma tête.

Tous ces jeunes gens de province, ambitieux d'exister, affamés de lumière, si hésitants sur ce qu'ils sont, si incertains sur ce qu'ils deviendront, ils n'ont qu'une hâte, se débarbouiller de la vie provinciale dont la mesquinerie colle à leur peau, dont l'étroitesse humilie leurs rêves de grandeur ; ils veulent se mesurer à un véritable adversaire. Ils n'ont qu'un mot, qu'un nom à la bouche qui claque comme un défi : Paris.

Paris me pèse, m'emprisonne

Paris me pèse, m'emprisonne. Pour moi, c'est une ville triste, austère, contre nature, comme le devoir, l'algèbre, l'analyse logique, le carnet de notes et, plus tard, l'ambition. L'ambition, ce devoir solitaire vis-à-vis de soi-même. C'est la ville mère des écoles, des réglementations, des édits, des lois, des contraintes ; le siège du pouvoir, de la loi, de l'ordre : l'Elysée, la Chambre des députés, le Sénat, la Sorbonne et l'Académie y façonnent leurs décrets. Quant aux plaisirs, ce n'est qu'avec effort qu'on les trouve : boîtes de nuit dangereuses, bars interlopes, cafés malfamés ou jeunes filles emprisonnées dans le rituel des rallyes. C'est de Paris que sont parties toutes les conquêtes : l'unité nationale, les guerres coloniales. Paris est un filtre, un alambic où on jette tous les produits hétéroclites de la province : ses particularismes, ses talents, ses afféteries, ses manières rustiques, pour en tirer des produits raffinés, manufacturés, exportables. De la province à Paris, tout devient idée ou théorie : la jacquerie s'élabore en socialisme, la foi en théologie, la haine du curé en athéisme. Une réprimande à propos d'un ruban volé amène chez Rousseau une renégociation du contrat social ; les cahiers de doléances aboutissent à la Révolution.

C'est la ville des lumières : elle éclaircit l'art de vivre, jette des éclats étincelants sur les bonnes manières, clarifie le droit coutumier, isole l'amour de sa gangue cancanière, crée dans la langue des illuminations syntaxiques, de ces magnifiques lustres où se reflètent à l'infini les magies du style et les scintillements de l'esprit ; elle en ôte les obscurités, les trivialités, les lourdeurs. La gauloiserie de Rabelais s'y raffine en Racine, *La Farce de Maître Pathelin* s'y épure en La Fontaine, les plats de la cuisine bourgeoise se muent en gastronomie, c'est-à-dire en art sous la plume de Carême, de Brillat-Savarin, de Mme Saint-Ange ou de James de Coquet ; l'érudit local, amateur de silex taillés et dénicheur de thermes romains, s'y affine en Champollion ; le petit bricoleur du dimanche qui fait pétarader ses moteurs et trafique dans son cagibi des inventions pour le concours Lépine saute dans la catégorie supérieure ; il devient Louis de Broglie ; il bricole des atomes et invente la mécanique ondulatoire.

Paris n'est confortable qu'aux riches, aux puissants, aux lauréats du concours général, aux banquiers, aux polytechniciens et aux ministres. Il ferme à double tour ses grands immeubles de pierre au pauvre, à l'émigré, au solitaire, au malheureux, au cancre.

Je me souviens avec quelle intensité je regardais Paris du haut de ma chambre de bonne qui ouvrait sur les toits. J'en distinguais les sommets, le Sacré-Cœur, les Invalides, le Panthéon, la tour Eiffel, l'Arc de Triomphe, les tours de Saint-Sulpice. J'embrassais la capitale d'un coup d'œil, mais je savais que je n'y serais jamais heureux. Comment aurait-elle pu me donner le bonheur, cette grande machine à désirer, cette lessiveuse où chacun trempe ses espoirs et ses songes pour les faire resplendir ? Paris est sans fin pour le rêveur éveillé : il y a toujours un plus beau, un plus riche, un plus intelligent. On franchit une marche et l'escalier à gravir donne le vertige. On est épuisé d'avance. Tant de rivaux ! Tant de pistes, tant de chemins de traverse ! Quel guide vous aidera à contourner les obstacles, vous en indiquera les passages, les gués, les petits bistros pas chers ?

Je regarde mes anciens collèges comme des prisons dont je me serais échappé : Saint-François-Xavier, cours Godéchoux, cours Pollès, cours Montaigne, ces cours qu'on appelait justement des « boîtes à bachot » dans lesquelles mon esprit refusait de se laisser enfermer.

A cette géographie scolaire, il faudrait ajouter les lycées où je ne fus jamais admis : Louis-le-Grand, Henri-IV, Buffon. Au lycée Fénelon, où je m'acharnais à conquérir ce bac si facile à tant d'autres et qui me narguait, je garde le souvenir d'une jeune fille qui, me voyant dépérir sur une version latine tirée de *La Guerre des Gaules,* m'avait offert son brouillon sous prétexte de me prêter son Gaffiot. Que de risques pris ! Pour quoi ? Pour rien ! Pour un furtif regard plein de reconnaissance. Mais même cette involontaire tricherie fut impuissante à me sortir des basses eaux de ma nullité. J'échouai une fois encore.

Quand je descendais de mon pigeonnier, assourdi par le bruit du boulevard Montparnasse, je m'empressais de franchir ce carrefour disgracieux, empuanti par les gaz d'échappement et je prenais la tangente par la rue du Cherche-Midi qui portait bien son nom car elle était toujours ensoleillée. Là, je retrouvais le Paris du XIXe siècle : j'aurais pu y croiser Chateaubriand s'en allant visiter Mme Récamier à l'Abbaye-aux-Bois ; de belles maisons claires ouvraient sur des jardins. Je m'y risquais, découvrant des bosquets, des pelouses qui rendaient plus champêtre encore la cloche d'un couvent. Quelle quiétude dans cette rue de marchands de livres anciens, d'antiquaires, de magasins déserts dont les propriétaires assis sur une chaise devant leur porte prenaient le soleil. Après la rue du Regard, le boulevard Raspail où s'élevait toujours, sinistre, patibulaire, la prison du Cherche-Midi, dont les murs résonnaient encore des cris de tant de résistants suppliciés, où d'Estienne d'Orves avait été détenu avec ses compagnons, j'abordais à une île pleine de la bonne odeur du pain cuit qui s'exhalait de la boulangerie Poilâne. J'ignorais alors, tandis que je dégustais une tartelette aux pommes chaudes, toute collante de sucre, que j'habiterais un jour en face et que je franchirais si souvent la belle porte cochère verte surmontée du chiffre treize.

Paris est tout aussi imaginaire que la France. Ce n'est pas Haussmann qui l'a détruit et reconstruit, mais Balzac, Baudelaire, Hugo, Fargue, Albert Simonin. Balzac l'a observé avec la lentille grossissante et déformante d'un provincial. Ses duchesses sont des sous-préfètes endimanchées, ses femmes du monde d'insupportables bas-bleus de canton et ses arrivistes, ses lions, des minets de chef-lieu ; quant à ses forçats, ils sortent tout droit du Grand-Guignol. Et pourtant, ce Paris tout en toc et en stuc, en toiles peintes, est peut-être le seul vrai Paris : il n'y coule pas la Seine mais le sang même de Balzac enfiévré de désir et de passion, échauffé d'intérêts et de curiosités.

Napoléon déteste Paris, cette Pénélope infidèle qui défait chaque soir, dans les causeries de salon, le vitriol du bel esprit, la lourde tapisserie qu'il construit avec les hommes solides de la province, les Daru, les Portalis, les Berthier, et avec les muscles et la bravoure de ses soldats, des paysans, des montagnards qui, quoi qu'on exige d'eux, même l'impossible, ne se plaignent jamais. Il déteste le Paris frivole, sceptique, bavard, incrédule, instable, qui penche sans raison d'un côté ou de l'autre, ingouvernable, tantôt royaliste, tantôt jacobin, qui crie indifféremment « vive le roi » ou « vive la Ligue » au gré de son caprice. Cette manie des modes — en tout, en habits, en lingeries, en voitures, en mœurs, en architecture, en idées, en éducation, en politique — qu'il compare à une création du diable en personne, elle souffle un vent de dissipation, crée une mentalité friable, sur laquelle on ne peut rien construire. Elle est éminemment féminine : on s'entiche à la folie, on se déprend le lendemain et la défaveur s'aigrit en haine inexpiable.

Cet étrange Paris où sont érigés les symboles les plus stables et les plus contradictoires : on honore à Saint-Denis les tombes des rois, aux Invalides celle de l'Empereur, à l'Arc de Triomphe la mémoire des soldats et des maréchaux ; le cimetière du Père-Lachaise reste fidèle au souvenir des communards ; la Sorbonne, après avoir été catholique, est devenue républicaine, comme le Louvre abrite les acquisitions de la monarchie, de l'Empire, de la Restauration, du second Empire ; les rues ont été baptisées de noms qui expriment toutes les illustrations de la gloire : Foch et Bonaparte, Danton et Pasteur, Raspail et Ledru-Rollin, Jeanne d'Arc et le maréchal Ney ; dans les squares, Voltaire côtoie Rousseau, les pigeons vont indifféremment s'abriter sous la barbiche d'Henri IV, la calotte de Sainte-Beuve, la barbe de Victor Hugo.

La caractéristique de Paris, c'est l'accumulation, comme si cette ville reprenait à son compte le « j'incarne la France, de Pharamond jusqu'au Comité de salut public » de Bonaparte. Elle est trop versatile pour attribuer du crédit à une seule croyance, à un seul parti. Elle sait que les régimes varient, que les gouvernements changent comme les politiques, mais que le génie, le courage sont des valeurs sûres auxquelles elle a choisi de s'identifier.

Pourquoi Paris m'a-t-il toujours inspiré ce

malaise ? Les réalités y sont des mirages, les objets convoités des illusions. N'est-ce pas lui qui a inventé les grands principes que la France se donne à elle-même, qu'elle donne au monde, et qu'elle contredit chaque matin : liberté, égalité, fraternité et encore justice, et droit de l'homme et droits des peuples à disposer d'eux-mêmes ?

Et pourtant ce Paris qui n'existe pas, qui n'est qu'une idée, une invention, une vision, parvient à dompter les forces centrifuges de la province, à la plier à la loi commune, à faire taire ses particularismes, à apaiser ses querelles de clocher, ses jalousies cantonales, ses aigreurs départementales. Il l'objective, lui donne de la raison et de l'horizon, des ambitions sans lesquelles elle s'assoupirait dans sa graisse locale, son confort borné.

Tous ceux qui se sont penchés sur Paris depuis son origine n'ont pu que constater ce mystère dont parle Valéry, mystère de ce creuset où se fondent les provinces et toutes sortes de singularités, de mœurs, de métiers, de classes, finissant par créer une mentalité particulière qui échappe aux éléments qui la constituent.

A Paris, siège la préfecture de police de la langue, cette langue qui, autant qu'un passeport, est le signe le plus tangible de la nationalité. Richelieu, en créant l'Académie française, a voulu enrégimenter l'esprit et les littérateurs au service de l'Etat. Il s'est acquis leur reconnaissance en flattant leur vanité et leur docilité, en leur accordant le pouvoir de légiférer dans cette matière hautement mouvante de la langue.

Qui tient les mots tient le pouvoir. Les vocables peuvent se muer en gendarmes, le dictionnaire en code de procédure judiciaire des mœurs. Ainsi, il y a des mots qu'on punit, qu'on exile, qu'on condamne ; d'autres qu'on honore, qu'on décore.

Le grand service qu'a rendu Richelieu à la France, c'est d'avoir à jamais placé la littérature et les lettres au rang d'art majeur, favori du pouvoir. Il percevait que le danger était grand qu'elle ne prît son indépendance, ne devînt une force autonome, contestataire, corrosive, destructrice — ce qu'elle sera au XVIIIe siècle à cause de l'antipathie qu'éprouvait Louis XV pour les philosophes —, et qu'ainsi se poursuivrait le formidable travail de labours civilisateurs commencé par les Romains, poursuivi par le clergé, pour propager dans les cervelles les lumières de l'humanisme.

Le danger était dans la spécialisation, le ghetto langagier, la sorbonnification d'une langue qu'auraient pu s'approprier les cuistres, les savants, les faiseurs de thèses. En veillant à introduire dans sa confection une dose d'amateurs, d'aristocrates parfois incultes mais pleins de bonne volonté, de mondains, en faisant des élections à l'Académie des enjeux qui mettaient en concurrence les salons et en pâmoison les comtesses, on a donné à la langue une politesse, une aération, une sophistication, une harmonie. On a évité les dérapages : vers le haut, le génie débridé, et, vers le bas, la lourde farce.

On y a gagné Boileau et Racine. On y a perdu Shakespeare.

Il n'empêche, elle est toujours là, cette langue née dans l'Ile-de-France et que Paris a forgée, ce chef-d'œuvre contre lequel conspirent tant d'ennemis attachés à sa perte, l'administration, la télévision, les conseillers techniques, la Commission de Bruxelles, les écoles de commerce, sans parvenir à vraiment l'obscurcir. Elle garde un son cristallin. Elle disparaîtra peut-être un jour, avalée par l'anglais, le chinois ou l'arabe, mais sa lumière et sa douceur ne s'effaceront pas, à l'instar de la langue grecque qui, comme la ville d'Ys engloutie, continue d'être visible et belle sous les eaux et, parfois, fait entendre sa cloche à ceux qui croient en elle.

Je m'aperçois que je quitte le Paris réel pour son abstraction : la langue, les principes. Il faudrait revenir à Saint-Sulpice par le *cañon* de la rue Férou, comme l'appelait Faulkner, emprunter la rue Cassette, la rue du Four où siégeait le Conseil national de la Résistance. Puis, le carrefour de l'Odéon où Danton lance un défi à l'Etranger, se glisser par la rue de l'Ancienne-Comédie jusqu'à la rue Saint-André-des-Arts — ou des arcs, du nom de ces archers dont saint André est le patron — jusqu'à la rue Gît-le-Cœur. Comme il m'a fait rêver, ce nom. Il y avait là un petit restaurant corse où se retrouvaient les huiles de la PJ toute proche, quelques malfrats retour du Palais de justice et Mauriac, emmené par Jo Attia, qui venait humer les odeurs fortes de la débauche, de la délinquance et du crime. Gît le cœur ! Le nôtre, celui de Paris qu'on a tant et tant massacré, enlaidi, et qui pourtant demeure.

Bien entendu, elle se [illegible] cette [illegible] dans l'île de France et sur Paris [illegible] d'ouvrir [illegible] [illegible] l'administration [illegible] conseillers techniques, la Commission de Bruxelles, les acteurs de commerce [illegible] [illegible] [illegible] [illegible] [illegible] [illegible] [illegible] à ceux qui [illegible]

[illegible] les Parisiens [illegible] [illegible] [illegible] [illegible] [illegible] [illegible] [illegible] [illegible]

[illegible] [illegible] [illegible] [illegible] [illegible]

L'éducation religieuse, école de la concupiscence

L'éducation religieuse m'a toujours paru une école de la concupiscence. Loin de me détourner du péché, elle m'y plongeait. Si naquirent en moi de ces pensées impures qu'il fallait ensuite confesser, c'est bien à la Bible que je les dois. Je préparais ma première communion au patronage du Bon Conseil, rue Albert-de-Lapparent, où le jeune Montherlant avait ébauché des jeux malsains avec ses petits camarades. Les leçons de catéchisme consistaient à lire la Bible, l'Evangile, à méditer pendant la retraite afin de se préparer à la confirmation et à la communion solennelle. Elles alternaient avec de longues plages d'exercices physiques. L'immeuble du Bon Conseil ouvrait sur un vaste terre-plein caillouteux où tous les genoux du VIIe arrondissement s'étaient écorchés. On jouait au foot, au ballon prisonnier, aux barres. Dès que j'apercevais cette étendue désertique, il me semblait voir au loin les tentes des tribus de

Judas et de Salomon ; le Jourdain devait couler derrière le mur d'enceinte ; j'imaginais alors que c'était un fleuve imposant et non cet oued maigrichon qui bute sur les pierres. Mais, plus évocatrices encore, se dessinaient les ombres des grandes héroïnes bibliques toutes chaudes de perversion, d'infidélité, de traîtrise et de sang : Judith, Dalila, mais aussi Ruth, Putiphar ; la femme du pharaon se dévêtait insolemment au milieu des prêtres en soutane et des dames d'œuvres très collet monté. La Bible ne m'offrait aucune idée de miséricorde, encore moins de justice, c'était un livre dur comme le rocher du Sinaï, impitoyable comme le soleil d'Arabie où un Dieu capricieux et sanguinaire, comme un satrape oriental, s'amusait à terroriser et à éprouver des tribus orgueilleuses.

La douceur était dans le parfum de ces femmes parées sur les tapis de la tente, sur la couche après que leur corps eut été rafraîchi par la cruche d'une servante. J'enviais Booz, le vieillard qui ne mesurait pas sa chance, tout vieux et ridé qu'il était, sans avoir à faire un geste ni même avoir émis une suggestion, de voir une jeune et jolie Moabite se glisser nue dans sa couche. Tout cela parce que Dieu l'avait voulu. Comme j'aurais voulu moi aussi être le favori de Dieu pour connaître de tels signes d'élection.

L'Evangile qu'on nous lisait semblait en totale contradiction. Il paraissait avoir été écrit par la comtesse de Ségur. Plus d'armes, plus de guerres, plus de vengeances, très peu de sexe, beaucoup moins de favoritisme et de chouchous. Les miracles étaient moins grandioses : on passait de la tonitruante séparation des eaux de la mer Rouge à la modeste guérison du paralytique. *Les Mille et Une Nuits* et Cecil B. De Mille se métamorphosaient en une histoire sage et triste, surtout sur la fin, mais qui touchait le cœur de mille façons. Après les véhémentes incantations et les règlements de comptes, c'était l'heure de la tendresse et de l'émotion. On pleurait. On avait excité ses sens avec Judith, Esther, la Moabite, la Sulamite qui rend Salomon fou de sensualité, l'incestueuse Thamar, l'adultère Bethsabée, on s'endormait le soir, apaisés, sous le regard attendri de Marie qui, si elle ne prolongeait pas l'affection d'une mère, tout aussi tendre, réparait la rudesse d'une marâtre ou suppléait au manque cruel de l'orphelin grâce à cette adoption mystique dont aucune religion n'a jamais offert un exemple plus beau.

Cette ambivalence entre sensualité et mysticisme, cruauté et tendresse, sc retrouvait dans la description de la vie des martyrs : Blandine, Catherine, Solange, ces saintes jetées nues dans des arènes où elles étaient déchiquetées par des tigres, des taureaux, inspiraient des émotions troubles. Une gracieuse poitrine a beau être donnée en pâture à un taureau, l'écume aux naseaux, elle n'en garde pas moins sa gracilité et sa fraîcheur. La vierge immolée, on la plaignait et on la désirait. On aurait bien voulu la faire échapper à la griffe du tigre qui déchire Cimodocée, mais pour en faire sa proie captive et la dévorer de baisers. Ces histoires de saintes étaient exténuantes. Pas étonnant qu'elles aient fait autant de croyants, mais aussi de Gilles de Rais, de Sade et de Sacher-Masoch. Saint Vincent de Paul avec ses hospices, saint François d'Assise avec ses oiseaux paraissaient bien ternes en comparaison. Leur vie édifiante faisait bâiller. Quant à moi, je me voyais très bien dans le rôle de Tarsisius, le jeune Romain converti qui cachait sous sa toge prétexte la communion qu'il portait aux futurs martyrs. Les aider, ces martyrs, oui, mais de là à se mettre à leur place ! Je ne comprenais pas qu'on se fît découper pour une conviction ou une foi. Cela me semblait un peu excessif, immodéré : il est vrai que j'avais du sang béarnais comme Henri IV. Un sang qui aspire plus à la conciliation avec les réalités qu'à servir de pitance aux lions et aux bêtes féroces d'Afrique.

Dans *La Bible de l'humanité,* Michelet fait de Jéhovah une sorte de précurseur de Balzac qui, à force de montrer aux hommes la loterie du destin, de jouer avec leurs désirs, leurs dépravations, leurs ambitions, amène à reproduire inconsciemment ces jeux et sa fantaisie en s'y donnant le beau rôle. C'est pourquoi les hommes avaient tant besoin de tuer Dieu : pour prendre sa place et se donner à eux-mêmes le destin fastueux qu'il réservait à ses favoris : « L'histoire même sérieuse des juifs portait sur un fond romanesque — le miracle arbitraire où Dieu se plaît à choisir dans le moindre, dans l'indigne même, un sauveur, libérateur, vengeur du peuple. Dans la Captivité, la Banque ou l'intrigue de Cour, les fortunes subites lancèrent les imaginations au champ de l'imprévu. »

Le roman laïcise l'aventure biblique en remplaçant le surnaturel par la volonté ou par le hasard : « L'amour est une loterie, la Grâce est une loterie. Voilà l'essence du roman. Il est le contraire de l'histoire, non seulement parce qu'il subordonne les grands intérêts collectifs à une destinée individuelle, mais parce qu'il n'aime pas les voies de cette préparation difficile qui, dans l'histoire, produit des choses. Il se plaît davantage à nous montrer les coups de dés que parfois le hasard amène, à nous flatter de l'idée que l'impossible souvent devient possible. L'esprit chimérique se trouve intéressé dans l'affaire, il veut qu'elle réussisse. »

Si je me suis un peu étendu sur l'influence de ces images bibliques et chrétiennes sur une jeune imagination afin de montrer leur empreinte, ce n'est pas, comme Michelet, pour y chercher l'origine d'une vocation de romancier, mais pour montrer combien, un demi-siècle après Combes, dans un monde laïcisé, l'empreinte à demi effacée du christianisme restait forte. Cela ne nous donne cependant qu'une faible idée de l'influence qu'il a pu exercer pendant vingt siècles : par ce labourage intensif des âmes, la foi, la culture chrétienne ont touché toutes les activités ; elles ont ensemencé les consciences, les ont emprisonnées dans un filet aux mailles serrées. Le clergé omniprésent réglementait tout : le calendrier, le temps, les jours fériés, les fêtes chômées ; le pouvoir, la justice, le droit, la naissance, le mariage, le baptême, l'adultère, la charité, la politique intérieure et extérieure. Et comme si cela ne suffisait pas, il fallait que, chaque jour, chaque heure, une cloche dans chaque village affirmât la présence religieuse. Les messes, les vêpres, les offices psalmodiaient la bonne parole, relayée par les abbayes, les monastères, les congrégations. On stimulait l'ardeur de la foi par des pèlerinages à Saint-Jacques-de-Compostelle, à Rome, au Mont-Saint-Michel, à Jérusalem, pèlerinages qui drainaient des foules immenses et qui connaissaient leurs répliques villageoises avec la procession au Calvaire.

Pour faire pénétrer la lumière dans le tréfonds de l'âme, on employait des armes subtiles à la limite du sortilège qui opéraient une infusion par la beauté : le chant grégorien puis la musique sacrée, la peinture, la sculpture, l'ornementation, l'architecture étaient réquisitionnés pour produire des mélodies, des images, des effigies. A chaque pas, ce n'était que croix, vierges, saints, martyrs transfigurés par l'art. On ne pouvait échapper à l'empire de ce message inculqué par la douceur ou par la force, par la vue, par l'oreille pour faire lever la pâte chrétienne dans ce pays qui s'éveillait de la nuit barbare tombée avec les Grandes Invasions. Qui pouvait résister ? Des fortes têtes, des fous, des sorcières, rassemblés, condamnés et brûlés sous le nom d'hérétiques.

Le christianisme, avant de devenir « infâme » et synonyme d'obscurantisme pour les philosophes des Lumières, avait brillé longtemps comme la lumière de la civilisation. N'était-il pas l'héritier de la Grèce

— la statue d'Aristote figure en bonne place sur le porche de la cathédrale de Chartres —, de Rome dont il avait préservé les trésors de la ruine ? Adopter le christianisme à l'époque de Clovis, choisir la religion de saint Remi, c'était marquer sa préférence pour les principes civilisateurs du droit, de la justice, de l'art et abjurer les ombres anarchiques de la Germanie. Les Francs — les Franks — avaient beau se targuer d'une ascendance illustre qui les reliait à Troie, à la légende homérique, à Francion, le fils d'Hector, on avait du mal à retrouver chez ces hommes vêtus de peaux de bêtes, qui buvaient dans les crânes de leurs ennemis des boissons fermentées à base de houblon germé en poussant des cris gutturaux, les belles manières de la descendance de Priam et le raffinement d'Andromaque. Et Bructères, Chamaves, Chattes, Chérusques, Ripuaires, Saliens et Sicambres dont Clovis fit exécuter les chefs à la faveur d'une beuverie, s'ils étaient un peu moins barbares que les Huns et les peuples de Gengis Khan, se distinguaient plus par leurs talents de belluaires et de mercenaires que par leurs fréquentations des belles-lettres et de la métrique pindarique.

Etre chrétien représentait une identité culturelle autant que spirituelle. C'était être novateur en face du païen empêtré dans ses cultes naïfs et ses incantations primitives, civilisé en face du Barbare hirsute qui, ne pouvant s'exprimer par les mots, formulait sa violence en crimes, en viols, en profanations. C'était acquérir une généalogie morale et une histoire qui vous reliaient tout à la fois à

Homère et à Moïse, à Socrate, à Jésus, aux héros et aux saints, aux sages et aux martyrs, aux érudits et aux poètes alors que le « barbare » ne pouvait se prévaloir que de filiations impures avec les diverses bêtes sauvages auxquelles il s'identifiait, le loup, le lynx, l'ours, dont la face haineuse, tout en crocs, ornait ses totems.

C'est la religion chrétienne, elle seule, cette croix dressée dans le désert laissé par les invasions, qui a été le rempart au désespoir. On s'accrochait à elle parce qu'elle prophétisait une autre vie, moins cruelle, moins hideuse, mais aussi parce qu'elle contenait les principes et les vestiges de la civilisation disparue.

L'époque moderne ne s'est démarquée qu'en apparence de son influence. Le XVIIIe siècle des Lumières qui l'annonce, et qu'on pourrait croire libéré de cette croyance, comme il est encore marqué par elle ! C'est au nom des principes chrétiens de justice qu'il combat les abus du clergé, qu'il donne à la liberté son sens. C'est dans l'Evangile qu'il puise son principe révolutionnaire : « Rendre à César ce qui est à César et à Dieu ce qui est à Dieu. » Notions qui, avec saint Augustin, aboutiront à la séparation de la religion et du gouvernement, de l'Eglise et de l'Etat, mettant fin à une confusion des genres dont l'Orient a tant de mal à se défaire. C'est de là qu'est issue la conception laïque de l'Etat dans le monde occidental. Quant aux révolutionnaires si infatués de Rome et si chauvins au point de vouloir débaptiser la France qui rappelait les Francs, l'invasion étrangère, pour la remplacer par la Gaule, il y a dans leur messianisme, leur excès à la Savonarole, leur puritanisme, des résonances jansénistes. C'est un ton de sermon que l'on entend au Comité de salut public. On a remplacé le mot Dieu par le mot Révolution ou le mot peuple. La Convention semble reprendre dans sa croisade contre les Vendéens les mêmes armes déployées par Simon de Montfort contre les hérétiques albigeois.

Le sentimentalisme, cette féminisation de la vie, avec lesquels Rousseau va modeler ses portraits de femmes tout pleins de pitié, de tendresse, de pureté virginale, de cet amour platonique qui va contaminer les imaginations des romanciers du XIXe siècle, d'où viennent-ils, sinon de l'association de l'amour profane et de l'image de la Vierge Marie ? L'austère protestant de Genève apporte dans ses romans la douceur et la poésie de l'Evangile.

Avec Chateaubriand, le christianisme, comme un fleuve qui a rompu sa digue, réapparaît, chargé des débris du siècle qu'il emporte sur son passage : on mêle croyance et incrédulité ; on sépare le catholicisme de la foi ; on opère un syncrétisme du religieux et du positivisme des Lumières. On se fait une religion du cœur, pour soi, selon son caprice, comme celle de Chateaubriand lui-même.

Et encore, si nous en avions fini avec cette religion dans laquelle nous ne croyons plus sans parvenir à nous en passer. Quel psychanalyste révélera à notre conscience tranquille de Français tout ce qu'il y a de chrétien en nous : dans notre pensée, nos actes, notre culpabilité, nos réflexes ? Les pires athées ne sont pas moins suspects : le petit père Combes, ancien séminariste acharné à laïciser la France, était au même moment amoureux d'une abbesse d'Alger, sœur de Marthe Bibesco, à laquelle il écrivait des lettres brûlantes de passion.

Mais comment pourrions-nous arracher notre cœur, éradiquer un sentiment de la vie aussi insaisissable que l'air que l'on respire et qui est imprégné d'un parfum tenace ? Nos prénoms — donc notre identité —, nos jours fériés, nos fêtes, nos expressions, notre langue, notre littérature, les noms de lieux où que nous allions, ne sont-ils pas surmontés d'une croix ? Une croix moins présente que celle, invisible, qui est plantée dans notre cœur.

C'est le clergé que l'on a chassé, les dogmes qui, croyait-on, empêchaient de vivre, de jouir, mais pas la croyance qui s'est insinuée jusque dans le cortex de l'athée, du bouffe-curé, du blasphémateur, de Homais, d'Anatole France, de Malraux, de Valéry.

D'ailleurs, ce christianisme refleurit après avoir poussé souterrainement dans la littérature : chez Baudelaire, mécréant, fils d'un prêtre défroqué, qui n'a que Satan et blasphèmes à la bouche, mais rêve d'anges, d'archanges, de paradis, de réversibilité, de communion et d'extase ; chez Verlaine, bien sûr, qui retrouve dans sa poésie le sourire de l'ange de Reims ; chez Flaubert, l'ermite de Croisset qui s'habille en moine et se livre à des macérations, des jeûnes, des flagellations pour accéder à la sainteté du style, à cette austérité à laquelle il s'astreint, loin de ces péchés contre l'art que sont la compromission, l'arrivisme ; chez Mallarmé, même exigence, même voûte spirituelle dans le monastère de la rue de Rome où il aspire au pur, à l'azur, au vierge, au vivace, à l'in-consommé, où il communie avec l'ineffable. C'est un mage, un prophète qui, dans l'ascèse, cherche une clé perdue, une spiritualité rosicrucienne plutôt orientale, illuminée de symboles et ornée de mots rares comme des pierres précieuses.

Droit de la personne humaine, défense des sans-papiers, Téléthon, ces nouvelles pratiques de la charité ne sont pas nées par hasard. Derrière elles, il y a l'ombre portée de Jésus, de saint Vincent de Paul, de saint François, de cœurs miséricordieux à l'homme dans les fers, à l'apatride sans feu ni lieu, au malade.

Pour toutes ces raisons, « nous ne pouvons pas ne pas nous dire chrétiens », comme l'écrivait en 1942 le philosophe italien Benedetto Croce en réponse au livre de Bertrand Russell intitulé *Pourquoi je ne suis pas chrétien*. Benedetto Croce estimait que le christianisme avait été la plus grande révolution que l'humanité eût jamais accomplie : « Si grande, si complète et si profonde, si féconde de conséquences, si inattendue et si irrésistible dans sa réalisation, que l'on ne s'étonne pas qu'elle est parue ou qu'elle puisse encore apparaître comme un miracle, une révélation d'en haut, une intervention directe de Dieu dans les choses humaines qui ont reçu de lui une loi et une orientation complètement nouvelles. »

Pour lui, les révolutions et les découvertes qui ont

suivi à l'époque moderne ne peuvent être pensées sans la révolution chrétienne, car elle a « agi au centre de l'âme dans la conscience morale et [...] en mettant l'accent sur l'intimité et la particularité de la conscience elle semble presque avoir donné à celle-ci une nouvelle vertu, une nouvelle qualité spirituelle qui avait jusque-là fait défaut à l'humanité ».

Je me souviens de ce jour où le vent avait tant soufflé sur le cap Corse. Je m'étais installé dans une maison au cœur d'un village de montagne qui faisait face à San-Martino-di-Lota et d'où l'on pouvait voir l'île d'Elbe. C'était le soir du Jeudi saint. Soudain, dans la nuit, j'avais éprouvé le sentiment d'une présence. Les cloches s'étaient tues, comme toujours avant Pâques, et le silence de leur absence vibrait de manière presque inquiétante. Elles me manquaient, ces cloches qui chaque soir, à mon arrivée, traversaient mon sommeil. Je ne sais pourquoi, je finissais par ne plus les entendre. Elles étaient pourtant toujours aussi sonnantes mais elles faisaient partie de mon être, de son rythme, comme mon cœur. Avec leur ample sonorité de bronze, elles étaient les sœurs de celles du Béarn telles que je les avais entendues, telles que Michel Forget les avait écoutées cette nuit de novembre 1942, quand il avait réglé sur elles son départ clandestin vers l'Espagne. Donc je sentis une présence étrange, comme le bruissement d'un feuillage. Je m'approchai de la fenêtre qui donnait sur l'abside de l'église. J'avais devant moi un spectacle qui semblait arriver tout droit du

Moyen Age : éclairée par des dizaines de torches, la foule, rassemblée, montait en procession ; chacun une bougie à la main. Les paroissiens, conduits par le prieur tenant la croix dressée et par les membres de la confrérie de Saint-Vincent, se dirigeaient vers les hauteurs du village et en faisaient le tour. A la lueur des torches, j'apercevais les visages graves que les lumières sculptaient dans la nuit. Des chants s'élevaient, des cantiques en latin, puis en langue corse. Les voix s'éloignèrent, puis revinrent vers l'église où pénétrait la procession. Chaque paroissien s'avançait à genoux vers le maître-autel pour baiser la croix. Au même moment, des processions semblables se déroulaient à San-Martino-di-Lota, à Lavasina, à Pietracorbara, à Erbalunga, à Mandriale, à Brando, dans tous les villages du cap Corse. Partout sur le fond noir des montagnes serpentaient des chenilles aux lumières clignotantes qui traçaient dans la nuit des signes de reconnaissance autour de la croix.

Deux de mes tantes étaient religieuses. L'une d'elles, Catherine, avait une foi douloureuse, inquiète, en quête d'un absolu qu'elle ne pouvait trouver dans un monde de compromis. Elle m'entraîna un jour à la chapelle des Missions rue du Bac où elle me donna une médaille miraculeuse. Cette Vierge en fer-blanc entourée de rayons m'inspirait une grande dévotion. J'avais l'impression qu'elle me protégeait. Ce sentiment de quiétude, de paix si douce, fut hélas bouleversé par une autre visite à l'exposition des missions étrangères : le musée où les Pères Blancs avaient conservé les témoignages de massacre de leurs frères au service de la foi. Ces missionnaires dont on lisait le récit des tortures qu'ils avaient subies au Japon, en Orient, en Afrique, dévorés par les cannibales, éviscérés, éventrés, m'inspiraient des cauchemars. Ils provoquaient en moi une aspiration contraire : le bonheur du dépaysement et l'horreur des atrocités. Ils me faisaient aussi réfléchir. Quelle force y avait-il chez ces martyrs, qui donnait à leur mort tant de lumière ?

C'était un monastère, il s'appelait Tibhirine

C'était une grande bâtisse un peu austère mais chaleureuse et accueillante, construite en face d'un des plus beaux paysages du monde : les palmiers, les mandariniers, les rosiers se dessinaient devant les montagnes enneigées de l'Atlas. Des sources, une eau claire, irriguaient le potager. Il y avait aussi des oiseaux, des poules, des ânes, la vie. Des hommes avaient choisi de s'installer dans ce lieu loin de tout mais proche de l'essentiel, de la beauté, du ciel, des nuages. Ce n'étaient pas des hommes comme les autres : ils n'avaient besoin ni de confort, ni de télévision. Ce qui nous est nécessaire leur était inutile, et même encombrant. Ce qui nous occupe, le profit, l'argent, le pouvoir, ne les intéressait pas. Un trait les distinguait plus encore de nous : ils faisaient peu de cas d'eux-mêmes mais beaucoup des autres. Des phénomènes. Ils n'avaient pas de femmes. Ils formaient une sorte de communauté. S'employant aux travaux de la terre, ils donnaient l'hospitalité, apprenaient l'agriculture à leurs voisins, et les soignaient car l'un d'entre eux était médecin. Parfois ils chantaient. Leur langage semblait un peu désuet et d'une étrange candeur : ainsi appelaient-ils les pillards cruels, intolérants, qui les menaçaient, « les frères de la montagne » et ils désignaient la police tout aussi intolérante et barbare qui poursuivait ces brigands comme « les frères de la plaine ». Pris entre deux feux, deux violences, deux intolérances, ils avaient une singularité : non seulement ils ne portaient pas d'armes pour se défendre, mais ils répondaient à la violence par la douceur, à l'offense par le pardon. Dans cette terre qui ressemblait tant au paysage de la Bible et à sa loi brutale : « vie pour vie, œil pour œil, dent pour dent, main pour main, pied pour pied, brûlure pour brûlure, meurtrissure pour meurtrissure, plaie pour plaie », ils s'efforçaient d'apporter la douceur de l'Evangile : « Aime ton prochain comme toi-même ». « A qui te frappe sur une joue, présente encore l'autre ; à qui t'enlève ton manteau, ne refuse pas ta tunique ; à quiconque te demande, donne, et à qui t'enlève ton bien, ne le réclame pas. » Ils étaient les seuls à tenir ce discours. Il n'est pas étonnant qu'ils aient été vus comme des provocateurs et des esprits dangereux. Ils mettaient la paix au-dessus de tout et les hommes ne voulaient, ne veulent que la guerre.

Cette grande bâtisse face à la chaîne de l'Atlas, dans les montagnes de la Chiffa, près de Médéa en Algérie, abritait des moines trappistes de l'ordre cistercien. C'était un monastère devenu un prieuré. Il s'appelait Tibhirine, ce qui en arabe signifie le jardin. Les religieux maintenaient la présence des vertus de l'Evangile en face d'un islam que certains voulaient réquisitionner au service de la violence et qu'ils dévoyaient. Ils savaient qu'ils couraient un grand risque. Souvent ils avaient peur. Ils ne souhaitaient pas mourir. Ils n'avaient pas l'ambition de devenir des martyrs. Les vertiges d'un suicide collectif ne les attiraient pas. Ils voulaient vivre en continuant à être ce qu'ils étaient, sans abdiquer devant la force et devant la violence.

Autour d'eux des gens mouraient assassinés. Des catholiques, mais aussi beaucoup d'autres innocents. Une certitude les habitait : celle d'être d'une faiblesse plus forte que la force, une faiblesse si forte qu'elle était capable de désarmer les hommes en armes. S'il le fallait, ils étaient prêts à payer cette croyance au prix de leur vie afin d'épuiser le mal par leur sacrifice, certains de susciter dans le cœur de leur meurtrier une étincelle, cette contrition qui est la première marche du salut. Dans un poème, ils se sont définis comme « les obscurs témoins d'une espérance ».

Ils avaient confiance. Contre l'évidence, contre toute réalité, ils se sentaient protégés. De tout leur cœur ils voulaient faire confiance à ce Coran dont se réclamaient les hommes qui les menaçaient, et dans lequel il est écrit : « Celui qui a tué un homme qui lui-même n'a pas tué, ou qui n'a pas commis de violence sur la terre, est considéré comme s'il avait tué tous les hommes. » C'était autant dans les hommes qu'ils croyaient qu'en cette autre religion qu'ils connaissaient, dont ils estimaient le message spirituel au point d'associer souvent leurs prières à celles de leurs frères musulmans. Ne se définissaient-ils pas comme « des priants au milieu d'autres priants » ? Le muezzin et les cloches semblaient se répondre dans un écho de fraternité comme le carême et le ramadan, suscitant même selon l'expression du prieur « une émulation réciproque ».

Le 24 décembre 1993, tandis que les moines préparent Noël, six islamistes armés ouvrent la porte à coups de pied et font irruption dans le monastère. A leur tête, Sayah Attia, qui vient d'assassiner quelques jours plus tôt, de manière atroce, douze ouvriers croates qui avaient pris l'habitude de fêter Noël au monastère. Le prieur, Christian de Chergé, leur demande de sortir afin que les armes ne troublent pas la paix du lieu. Ils finissent par lui obéir. Leur chef, hérissé de vindicte et de fanatisme, est un fauve. Les moines regardent ses mains : ils croient y voir le couteau ensanglanté qui a mutilé leurs amis croates. Sayah Attia soumet au prieur trois exigences que les moines ne peuvent accepter sans se renier. A chaque demande, Christian de Chergé répond avec affabilité et fermeté « non » ou « pas comme ça ». Devant ce refus, Sayah Attia emploie l'argument auquel nul n'a jamais résisté devant lui. Menaçant, il s'exclame : « Vous n'avez pas le choix. » Mais la réponse qu'il entend doit ouvrir en lui un abîme de perplexité. « Si, dit le prieur, j'ai le choix », signifiant ainsi que la menace de la mort ne lui ôte en rien l'exercice de sa liberté. Et, peut-être raffermi à l'idée d'avoir troublé ce cœur qui ne connaît que la haine, le prieur poursuit : « Nous sommes en train de nous préparer à célébrer Noël, et Noël pour nous, c'est la naissance du Prince de la paix et vous venez, comme ça, en armes. » Sayah Attia, confus, murmure : « Excusez-moi, je ne savais pas. » Il serre la main des moines et s'en va. Quelques mois plus tard, tombant dans une embuscade organisée par les « frères de la plaine », il mourra après une longue agonie. Etrangement, il ne fera pas appel au moine médecin qui, bien sûr, l'aurait soigné. Arrêté par quel sentiment nouveau de dignité ou de noblesse ? Nous ne le saurons jamais.

Les moines venaient de voir passer l'ange de la mort. Mais cette visite qui les avait remplis d'effroi, leur avait aussi donné confiance. Ils avaient senti poindre dans le cœur de ce criminel une sorte de lueur.

« D'abord, s'exclamèrent-ils presque joyeux, il ne nous a pas tués. » C'est dire si peu de chose suffisait à réchauffer leur espérance. Cet affrontement venait de leur apporter la confirmation de ce qu'ils pensaient : ils étaient protégés par leur faiblesse. Elle désarmait la violence.

Le prieur, Christian de Chergé, a alors adressé une lettre à sa famille qui apparaît comme son testament spirituel. D'abord s'insurgeant contre de dangereuses confusions, il écrit : « Je sais les caricatures de l'islam qu'encourage un certain islamisme. Il est trop facile de se donner bonne conscience en identifiant cette voie religieuse avec les intégrismes et ses extrémistes. » Et il conclut, pardonnant d'avance à son futur assassin : « Dans ce Merci où tout est dit, désormais, de ma vie, je vous inclus, amis d'hier et d'aujourd'hui... Et toi aussi, l'ami de la dernière minute, qui n'auras pas su ce que tu faisais. »

Depuis longtemps les moines hésitaient à partir. A contrecœur, ils finirent par s'y résigner. Leur vocation n'était pas de mourir. Un vote entre eux les montra partagés. Comme ils avaient été partagés aussi, cette nuit-là, entre l'effroi et l'espoir.

Le 26 mars 1996, une vingtaine d'hommes en armes encerclent le monastère. Ils emmènent avec eux le prieur et les six moines. Commence l'attente. Pour eux un long calvaire. En Algérie, il tombe rarement des nouvelles heureuses. Deux mois plus tard, après plusieurs propositions de les échanger, le GIA annonce dans un communiqué : « Nous avons tranché la gorge des sept moines. » On retrouvera leurs restes mutilés dans des sacs, sur la route de Médéa.

La mort de ces moines succédait aux assassinats des quatre Pères Blancs de Tizi Ouzou, de frère Henri Vergès, de deux sœurs espagnoles de Bab el-Oued, et précédait celui de Mgr Claverie, l'archevêque d'Oran, deux mois plus tard.

Ces hommes, comment définir leur sacrifice ? Il semble que le mot vertu soit trop petit pour eux, trop étroit pour contenir leur cœur. Aucun d'entre eux n'a souhaité mourir ni devenir un martyr. L'un d'eux, à Tibhirine, avait affiché un texte de Thomas Becket à la porte de la chapelle : « Le martyr ne désire plus rien pour lui-même, pas même la gloire de subir le martyre. »

Ce qu'ils ont souffert à la suite de tant d'autres, comme le père de Foucauld, le père Maximilien Kolbe à Auschwitz, pourrait nous faire haïr le monde. Ce monde qui tue des enfants, des vieillards, des civils désarmés, pourquoi épargnerait-il des moines ? Au contraire, dans la nuit, ils ont fait naître une lumière qui ne s'éteindra jamais. Victimes innocentes, ils ont partagé ce sort avec des milliers et des milliers de leurs semblables, mais, loin de s'en indigner, ils ont accepté cette violence injuste pour clamer leur foi dans des valeurs plus fortes que la haine et redonner ainsi de l'espoir. Ils ont retourné l'arme de leur bourreau pour tenter d'ouvrir son cœur à l'amour qu'il n'a pas connu. Ainsi, de leur mort naît la vie, une infime chance de vie spirituelle. Dans un univers où tout est échange et profit, ces moines ont cette particularité d'avoir tout donné contre rien. Pour rien, si ce n'est pour assumer l'une des plus belles qualités humaines : témoigner que l'individu, si misérable soit-il, s'il cultive la grandeur qu'il a en lui peut atteindre au sublime, rejoindre Dieu qui n'est peut-être que son visage magnifié. Leur exemple nous fait croire en l'homme au moment où si souvent nous désespérons de lui. Paul Valéry disait que les grands artistes augmentent « le capital de l'esprit ». Les moines de Tibhirine, symbole de tous les martyrs de l'Algérie, ont augmenté ce capital de l'âme sans lequel l'humanité risquerait l'asphyxie. Grâce à eux, nous pouvons respirer. De la nuit de la terre, de l'Algérie, ils nous ont légué un bien plus précieux que tout : leur espérance.

Le mystère de Cao Bang

Il y a des jours idiots où tout va mal, où l'on se prend le bec avec un garçon pour un café refroidi, où l'on menace de représailles l'agent de police qui vous verbalise, où l'on se querelle avec la femme qu'on aime pour le choix d'un film, où la vie, inexplicablement, semble conspirer à vous mettre des bâtons dans les roues.

Après une altercation au restaurant Le Voltaire, l'humeur renfrognée mais vagabonde, je me mis à songer en marchant le long du quai à une idée qui m'était venue : quel lien mystérieux unissait les moines de Tibhirine et le commandant Forget, le sacrifice des moines et la conduite exemplaire de ce lointain cousin mort en escortant mille civils qu'il fallait évacuer ? Je l'imaginais à la tête de son bataillon, tâchant de maintenir un semblant d'ordre dans cette troupe apeurée de fuyards : marchands chinois, congaïs, proxénètes, paysans, tout un rebut humain qui mêle le meilleur et le pire, femmes amoureuses, amoureux de la France, et aussi ces profiteurs qui trafiquaient sur l'alcool, la piastre, les femmes. Comment engager un combat avec ces lourds bagages, ces animaux, ces enfants ? Pour des légionnaires, il n'y a pas pire clients ; ça n'obéit pas, ça n'avance pas, ça a peur et ça finit toujours par se jeter dans la gueule du loup. Surtout, ça empêche de se battre. Sans parler de la marche ralentie, de la difficulté de faire silence dans la jungle. Pour le Viêt-minh, cette générosité des Français était un aubaine ; il ne pouvait rêver plus lourd handicap pour son adversaire que cette colonne traînarde, avec ses chariots encombrés d'enfants, de poulets, de victuailles, qui versaient dans le fossé. N'importe quelle autre armée du monde les aurait sacrifiés, ces civils. Il fallait des Français, des légionnaires, pour refuser d'abandonner ces hommes et ces femmes qui avaient cru en eux, à l'idéal de civilisation que souvent avec maladresse incarnait la France.

Mais quel lien, franchement, entre Tibhirine et Cao Bang, entre cette spiritualité dans l'âpreté du désert et ces malheureuses courtisanes asiatiques flanquées de leur parentèle encombrante et piaillante que tentaient de sauver ces képis blancs qui n'allaient à la messe que le jour de Pâques et, en fait de croix, ne connaissaient que celle qu'ils plantaient sur la terre fraîchement remuée où ils déposaient un camarade ? Je butais sur cette idée. J'y revenais sans cesse. Elle me hantait avec la force insinuante des intuitions. Je passais devant un bouquiniste. Je m'arrêtai. C'était un spécialiste d'ouvrages militaires. Sans que je l'eusse cherché, un livre tomba entre mes mains :

La Tragédie de Cao Bang de Marc Dem, un ouvrage depuis longtemps épuisé. Je l'emportai. Dans l'autobus bondé j'entrouvris le livre au hasard. Surgissant de quelques lignes survolées, un jeune Viêt-minh agressif, la mitraillette au poing, se jeta sur moi. Je refermai le livre. Au carrefour de la rue du Bac, je repris ma lecture. Je tombai sur l'épisode de l'évacuation de Cao Bang : les sapeurs avaient mis feu aux réserves de munitions de la forteresse qui explosaient dans un vacarme. La déflagration m'assourdit. Il me semblait que les pierres du fort retombaient en pluie de cailloux sur le boulevard Saint-Germain, justement autour du ministère de la Défense près duquel je me trouvais. Le lendemain, je pus lire le livre de bout en bout. Je suivis la colonne Lepage le long de la route coloniale n° 4, la RC 4 : partie de Lang Son, elle devait porter secours au convoi de Cao Bang, commandé par le colonel Charton, flanqué des légionnaires du 3e REI. Hélas, la ville de Dong Khe avait été prise. La jonction entre les deux bataillons se révélait impossible. Lepage voyait se débander ses tabors que les assauts viêt-minh rendaient fous et qui entonnaient leur chant de la mort, la *Faitha.* Hébétés, certains se laissaient tuer sans combattre. Enfin, j'arrivai à l'épisode de la cuvette de Coc Xa qui devait se révéler si meurtrière. Le commandant Forget, qui traînait une vieille blessure à la jambe, avait décidé de se frayer un chemin à travers la jungle en empruntant la piste de Quang Liet, une piste abandonnée, afin de sortir la cohorte de civils du piège de la RC 4.

Je lus alors le récit de sa mort le 7 octobre 1950 : « Les Viêts ont assailli un piton à six cents mètres au sud de la cote 477. Forget remarque à ce moment que les couvertures latérales sont mal faites. Un cordon de Viêts part de l'autre bout, avançant à demi-pente du découvert pour surprendre les assaillants par-derrière.

« — On a dix minutes pour les stopper, crie Forget.

« Il désigne un nouveau détachement en choisissant les hommes qui sont le plus près de lui. Perçoit-il une baisse de l'enthousiasme initial chez ces braves auxquels les tentatives répétées ont démontré la quasi-impossibilité de l'entreprise, ou bien en a-t-il assez d'envoyer des hommes au casse-pipe sans payer de sa personne ? Quel que soit le sentiment qui l'inspire, il ordonne tout à coup :

« — Donnez-moi une mitraillette !

Il place lui-même le chargeur et crie :

« — Derrière moi !

« Entraînés par l'exemple de leur chef pour lequel ils nourrissent une réelle admiration, les hommes se lancent sur les pentes calcaires sans arrière-pensée, ils ne figurent plus que les membres souples et dociles d'un corps dont il est la tête... Pendant un moment, on peut croire la partie gagnée, mais une vague de Viêts, surgis d'on ne sait où, refoule en catastrophe les légionnaires vers la pente.

« Forget est tombé à la renverse, il est tombé de plusieurs mètres avant de s'immobiliser contre un rocher. Il est d'une pâleur effrayante ; mais il se relève et, en titubant, tente de remonter la déclivité ; il ne veut pas admettre qu'il est fichu, une balle lui a traversé la poitrine, une autre s'est logée dans son bassin. Il cherche quelque chose autour de lui : son arme qui lui a échappé au cours de sa chute.

« Forget tournoie sur lui-même, deux autres balles viennent de l'atteindre, l'une à la cuisse et l'autre à la tête. Le 3e REI regagnant la piste emporte son chef agonisant. Il adresse alors ses dernières paroles à un commandant : “Vous leur direz ceci de ma part : le bataillon s'est montré digne des plus belles traditions de la Légion. Un peu lourd peut-être dans la marche, mais je suis fier de lui.”

« Il se tut. Il était mort. »

Ce n'étaient pas seulement les circonstances de la mort de Michel Forget, telle que la décrivait Marc Dem, qui me troublaient mais le nom de l'homme, le commandant de tabors, qui l'accompagnait à l'assaut de ce piton et qui recueillait ses dernières paroles. Il s'appelait le commandant de Chergé.

L'oncle de Christian de Chergé, le prieur de Tibhirine.

L'innocent a le visage du Christ

Je comparaissais devant la 17e chambre du tribunal correctionnel de Paris. Une expérience nouvelle. C'était la première fois que j'étais traduit devant un tribunal. Je n'en avais jusqu'alors qu'une connaissance littéraire. Et puis il s'agissait des autres, dont les humiliations, les souffrances nous apparaissent toujours atténuées par la distance, par la théâtralisation de la presse, par notre indifférence. On n'en ressent pas, comme pour soi, directement la souffrance sur sa peau, sur cette peau fragile, invisible, douloureuse qu'est notre dignité.

Cette position de devoir me défendre devant un tribunal suscitait en moi deux sentiments opposés : à la fois j'étais présent et j'étais ailleurs ; j'étais dans la réalité et j'étais dans le rêve. Une clarté intense me faisait participer avec une singulière lucidité à tous les épisodes de ce procès, et une brume m'enveloppait, entraînant mes pensées ailleurs, bien loin de ce qui se déroulait. J'étais moi-même et j'étais un autre. Les remontrances, les moqueries que

Me K. ou le procureur me décochaient, me laissaient totalement indifférent, comme les uppercuts qu'un boxeur aurait portés dans le vide ; il me semblait qu'ils atteignaient l'autre, mon double, mon effigie symbolique, cet être sans âge, sans nationalité, sans personnalité propre dont je figurais le rôle, l'Accusé. C'est une sensation étrange de ne pas souffrir pour soi et de souffrir pour ce qu'on représente.

J'étais seul, dans une solitude que ni mes amis ni mon défenseur Me Thierry Lévy ne pouvaient imaginer. Pourtant, je peuplais ce tribunal de témoins qui, du fond des âges, venaient m'apporter leur soutien. Il me semblait qu'à nouveau on réveillait leurs souffrances, leurs humiliations, qu'à nouveau on faisait couler leur sang. La grande fresque de l'injustice se déployait devant mes yeux avec toujours le même décor, un tribunal, des juges, l'appareil dressé de la justice.

Tout un passé sanglant remontait à la surface. La longue cohorte des suppliciés, des innocents injustement condamnés, un peuple aussi docile, fataliste, hétéroclite que l'était la longue colonne de civils cherchant son chemin dans la jungle de Cao Bang que tentait de protéger le commandant Forget : je voyais Miss et Tiénot, les malheureux gardes-chasse dont les gendarmes avaient écrasé les testicules pour leur faire avouer un crime qu'ils n'avaient pas commis, afin de complaire à M. Lebaudy ; je sentais passer les ombres de Calas, de Sirven, du chevalier de La Barre, morts suppliciés sur la roue ; les quatre sergents de La Rochelle, guillotinés à vingt ans pour une participation prétendue à une conspiration républicaine ; j'imaginais le jeune Arouet, qui n'était pas encore Voltaire, bastonné par les hommes de main du prince de Rohan et jeté à la Bastille parce qu'il avait l'impudence de réclamer justice ; Zola, le Zola aux outrages, haï, persécuté, condamné à un an de prison ; Mendès France à son procès de Riom ; Baudelaire, le douloureux Baudelaire doutant de lui-même, qu'on traînait devant un tribunal, qu'on ravalait au rang d'un scélérat, lui, l'esprit le plus délicat, le plus raffiné, l'artiste par excellence, condamné pour outrages aux bonnes mœurs. Partout, je voyais le procureur Pinard triomphant. Je me souvenais des recommandations du chancelier d'Aguesseau en 1734, dans lesquelles l'illustre magistrat justifiait l'emploi de la torture dans tous les cas, pour l'innocent comme pour le coupable, et que Voltaire commentait ainsi : « Quel est donc l'empire du préjugé, illustre chef de la magistrature ! Quoi ! Vous n'avez point de preuves et vous punissez pendant deux heures un malheureux par mille morts pour vous mettre en droit de lui en donner une d'un moment. »

J'entendais le procureur me dire : « J'ai eu honte pour vous. » Et il me semblait voir surgir Karim Kamal, ce Français qui a reçu l'asile politique aux Etats-Unis parce que sa sécurité n'était pas assurée en France. Karim Kamal, père d'une petite fille, Lauriane, avait mis en cause les juges de Nice qu'il accusait de vouloir étouffer des accusations de violences sexuelles qu'aurait subies sa fille. Sa plainte n'avait pas été jugée recevable et une ordonnance de non-lieu avait été rendue par le juge d'instruction, provoquant la stupéfaction du procureur, Eric de Montgolfier. Karim Kamal a été condamné par contumace à cinq ans de prison ferme et à quarante-cinq mille euros d'amende pour dénonciation calomnieuse et abandon de famille. Quelle sévérité ! Les juges de Lyon, en le condamnant à une peine de prison, lui auront évité la tentation de revenir en France, pour y réclamer justice.

Oui, tout cela me venait à l'esprit pendant que Me K. tentait de convaincre les juges de ma culpabilité. Et j'entendais des cris, des cris de jeunes filles, de ces disparues de l'Yonne, handicapées, un peu simplettes, appartenant à des milieux défavorisés, dont les parents avaient eu l'innocence de croire à la justice, à l'intégrité des juges ; ces pauvres parents menés en bateau, dont les juges refusaient obstinément de recevoir les plaintes, avec lesquels on usait de manœuvres dilatoires pour les endormir : leur fille avait fait une fugue. Et ces malheureuses filles, où les a-t-on retrouvées après tant et tant d'années de procédures, d'insistance, de campagnes de presse : sous quelques pieds de terre où elles avaient été jetées après avoir été violentées et étranglées. Et quelles sanctions ont reçues ces juges de l'Yonne pour leur incapacité, leur incuriosité, ce sabotage légal de la justice ? On les a fait passer devant une commission de discipline. Un des trois juges, en voyage, ne s'est pas déplacé. Les deux autres ont eu un blâme pour leur négligence, un simple blâme comme au collège. Comme on envie — comme on aimerait soi-même en bénéficier — cette mansuétude et cette urbanité que manifeste la caste des juges lorsqu'il s'agit de sanctionner les erreurs et les fautes commises par les siens ! Et comme si cette affaire n'était pas assez horrible, assez ténébreuse, je ne pouvais m'empêcher de la rapprocher des tortures exercées également dans l'Yonne, dans une villa de la région d'Appoigny où M. D., un tortionnaire tranquille, invitait dans sa cave des notables de la région afin que ceux-ci puissent en toute tranquillité assouvir leurs penchants sadiques sur des jeunes filles, nues, attachées sur une croix de Saint-André : il y avait un tarif pour leur brûler les seins, un autre pour enfoncer des aiguilles dans les parties sensibles. Le carnet dans lequel M. D. avait noté les noms de ces personnalités, qu'on a découvert sur lui le jour de son arrestation, ce carnet a disparu. Et les juges n'ont pas manifesté beaucoup de zèle pour le retrouver ni pour rafraîchir la mémoire de ce tortionnaire. On ne lui a pas demandé des noms, on ne s'est pas intéressé non plus aux protections qu'il a reçues. Pas question de le mettre à la torture, celui-là, selon les bons préceptes du président d'Aguesseau. Il est sorti de prison la tête haute. Et de respectables notables de l'Yonne continuent de regarder les petites filles qui jouent à la marelle, du moins les petites filles de leur milieu, celles dont la disparition mettrait en transe la bourgeoisie tandis que les autres, les filles de pauvres, des déshéritées, à quoi peuvent-elles être destinées, sinon à avoir les seins et les organes génitaux percés avec des aiguilles ?

Etrangement, je pensais au Christ, tant ces innocentes victimes, dans leur émouvante simplicité, avaient son visage d'humiliation et de souffrance. A ce Christ lui aussi en procès, comme si tout ce qui fait ce que nous sommes, notre histoire, notre sensibilité, n'était que le prolongement d'un procès inique, comme si symboliquement le christianisme voulait montrer aux hommes que la vie, toute vie, est condamnée à passer entre ces deux termes du destin : la justice, l'injustice, aussi inextricablement mêlés qu'ils le sont dans l'allégorie chrétienne puisque l'injustice y devient vérité et justice.

Et là encore éclatait une contradiction. Cette procédure héritée de l'Inquisition et qui vise à l'aveu, sur laquelle est fondée notre justice pénale, comme si on voulait que le coupable manifeste ainsi non seulement la conscience de son acte, mais sa confession, est un legs de l'Eglise qui l'a instituée dans ses procès contre des malfaiteurs et, surtout, contre les plus dangereux d'entre eux, les hérétiques. Ces hérétiques que le roi lors de son sacre à Reims jurait de combattre.

J'étais donc loin de moi-même et, pourtant, j'étais au cœur de moi-même. J'étais issu de ce passé ; des fils me reliaient à un pays sensible plus qu'un autre à l'idée de justice, mais qui pas plus qu'un autre ne s'embarrassait qu'un innocent fût broyé par sa machine. L'important était que cette machine marche, qu'elle tourne, qu'elle avance. Les erreurs, s'il y en avait, seraient réparées par d'autres, plus tard ou jamais. Et l'image de l'homme à qui je devais d'être devant ce tribunal, Omar Raddad, m'apparaissait. Ce qui m'a le plus troublé tout au long de ces longues années de bataille pour tenter de faire apparaître la vérité, c'est, bien sûr, la mauvaise grâce que je rencontrais de la part de l'institution judiciaire pour que la lumière se fît, et la volonté de maintenir cette fiction de justice à laquelle, dans l'opinion, personne ne croyait. Mais autre chose me troublait aussi, d'un ordre différent, spirituel celui-là : c'était cette impression, quand je rencontrai Omar Raddad à sa sortie de prison, d'avoir en face de moi un être qui irradiait une lumière surnaturelle, comme les saints de l'Orient. Il avait cet air détaché, le sourire des sages que rien ne peut atteindre, ni l'infamie, ni l'injustice, ni la promiscuité de la prison. Cette impression, je n'étais pas seul à la ressentir, d'autres que moi l'éprouvaient. Je songeais à ce beau texte de Mauriac sur la torture en Algérie dans lequel il imagine que le parachutiste qui actionne l'instrument de supplice porte le masque d'un centurion romain et que l'homme qu'il tourmente, avec son visage brun aux yeux noisette, ressemble à ces jeunes juifs de Nazareth, de Tibériade qui étaient les amis de Jésus. Soudain, pour Mauriac, cet homme victime d'une violence injuste, emporté dans une tempête de coups et de sévices dont il ne comprend pas le sens, cet homme a le visage même du Christ.

On va dire que moi aussi « je vois le Christ partout ». Tant de gens, c'est vrai, ne le voient jamais, qui sont pourtant chrétiens. Ce Christ m'apparaissait sous les traits d'Omar Raddad comme je le revois chez chaque innocent qu'on maltraite ou qu'on humilie.

L'affaire Dreyfus commence sous Pilate

L'affaire Dreyfus ne commence pas à Paris en 1894, dans les bureaux du ministère de la Guerre avec la découverte du bordereau, mais en Judée, à Jérusalem, sous Pilate, avec le procès intenté à Jésus. Cette affaire aurait-elle eu cet écho dans la conscience française et à l'étranger si elle n'avait pas été un signe révélateur et le produit d'une longue histoire ? Ce n'est d'ailleurs pas un hasard si elle précède de quelques années la séparation de l'Eglise et de l'Etat. Elle révèle au plus haut degré la contradiction chrétienne. On voit s'opposer des bataillons distincts, beaucoup de catholiques, c'est-à-dire les partisans de l'ordre, de l'Etat, de la soumission de l'individu à la collectivité, à la doctrine, qu'elle soit édictée par Rome, par le pouvoir, et des chrétiens qui, eux, restent libres de leur jugement et gardent les yeux fixés sur une idée de justice qui ne souffre aucun accommodement.

C'est d'ailleurs ce qui rend cette affaire odieuse à ce catholique athée qu'est Maurras qui s'exclame : « Le dreyfusianisme est une parodie attardée du christianisme[1]. »

Chez les intellectuels, deux camps s'opposent : celui de Barrès et de Maurras contre celui de Péguy, de Zola, d'André Suarès.

Péguy écrit à ceux qui n'ont que le mot honneur à la bouche que « le véritable honneur est dans la vérité ». Et il frappe au cœur de la contradiction des nationalistes : « Vous insinuez que nous ne sommes pas patriotes. C'est nous qui le sommes puisque nous ne voulons pas que la patrie soit déshonorée par une infamie... L'affaire Dreyfus n'aurait pas eu ce retentissement universel si la France n'avait pas reçu depuis longtemps dans le monde une audience singulièrement attentive. Cette audience est la meilleure part de son héritage. Les nationalistes ont tout fait depuis deux ans pour la lui faire perdre. »

L'affaire Dreyfus, on peut la regarder sous deux angles, ce qui explique en partie les malentendus qu'elle suscite. On peut y voir l'expression de la France de Drumont, l'auteur de *La France juive,* des antisémites, des partisans maniaques de l'armée, des nationalistes aveugles, un rassemblement hétéroclite de catholiques intolérants, sectaires, qui ne veulent pas voir la vérité, ou ne s'en soucient pas à partir du moment où elle gêne leur passion. L'autre regard que l'on peut porter, c'est de se féliciter que toute

1. *Le Prince des Nuées.*

une nation, qui sentait venir la guerre, puisse se déchirer autour d'un homme victime d'une injustice. Il y a beaucoup de pays dans lesquels l'affaire Dreyfus n'aurait jamais pu exister. Elle n'aurait pas connu ses multiples épisodes à l'île du Diable, au procès Zola, ni à la Cour de cassation. L'esprit public ne s'y serait jamais échauffé à ce point. Les écrivains ne se seraient pas déchaînés. Le principal protagoniste serait resté dans l'ombre où une main obligeante lui aurait prêté le pistolet du colonel Henry. Et rien n'aurait franchi le mur du silence. Il n'y aurait pas eu d'affaire. Les familles ne se seraient pas déchirées. Les amis ne se seraient pas provoqués en duel.

Levinas raconte l'enthousiasme de son père en Lituanie quand il a appris que l'affaire Dreyfus provoquait un tel tumulte. Il s'est exclamé : « Un pays où l'on se déchire pour le sort d'un petit capitaine juif est un pays où il faut se dépêcher de se rendre[1]. » Ce qu'il fit.

Et cette particularité française, moi, elle m'émeut. Qu'importe ceux qui, contre l'évidence, sont du parti de l'ordre et du silence au mépris de la vérité ; ce qui m'enthousiasme, c'est que tant de gens aient pu s'arracher à leur égoïsme, à leur religion toute faite, pour s'indigner, pour protester. Comme il est facile à faire, à écrire, le procès Dreyfus aujourd'hui ! Comme on prenait des coups alors, des insultes ! Il ne s'agissait pas d'emprunter le chemin du Panthéon,

1. Elie Barnavi : *La France et Israël*, Perrin.

mais celui de la 17e chambre correctionnelle, de la prison.

Ce qui est passionnant dans cette affaire c'est qu'elle est tout en sentiments, en irrationnel. La raison est une petite lumière vacillante dans ce procès qui rappelle les grandes crises du catholicisme, la querelle du quiétisme et, surtout, celle qui agita toute la société du XVIIIe siècle autour de la bulle *Unigenitus,* les convulsionnaires de Saint-Médard et ébranla la monarchie. Sur une question aujourd'hui si fanée de savoir si un prêtre pouvait donner ou non les derniers sacrements à un mourant soupçonné d'être janséniste, Paris, la France se déchirèrent. La mystique avait bon dos. La politique tirait les ficelles. Ce fut en réalité un affrontement, un bras de fer entre le parlement de Paris et la monarchie. Celle-ci en sortit vaincue. Son abdication ouvrait la voie à la Révolution.

De la même manière, l'affaire Dreyfus prend tous les aspects d'une grande querelle religieuse autour de ce nouveau dieu qu'est le nationalisme. Depuis la défaite de 1870, on cherche des coupables. On s'ausculte, on fait son autocritique. La défaite, la perte de l'Alsace-Lorraine, l'humiliation, tout cela ne passe pas. On se demande même si, dans un repli de la conscience, on n'a pas un fond de complicité avec les Allemands. Renan, dans un petit essai effilé comme une lame, *La Réforme intellectuelle et morale,* tente de concocter une médication pour soigner le corps malade de la France. Car pour lui, la défaite de 1870 remonte loin : « L'histoire de France est un tout, si bien lié dans ses parties qu'on ne peut comprendre un seul de nos deuils contemporains sans en chercher la cause dans le passé. » Il est inquiet du diagnostic qui lui révèle un mal incurable. Par quel caprice la France est-elle démocratique ? « Par le même caprice qui fait que Paris, tout en vivant de la cour, du luxe, est une ville socialiste, que Paris, qui passe son temps à persifler toute croyance et toute vertu, est intraitable, fanatique, badaud, quand il s'agit de sa chimère de République... on applaudit puérilement au désordre de la prise de la Bastille sans songer que ce désordre emporterait tout plus tard. » Et la conclusion tombe : « Le jour où la France coupa la tête à son roi, elle commit un suicide... La France était une grande société d'actionnaires formés par un spéculateur de premier ordre, la maison capétienne. Les actionnaires ont cru pouvoir se passer du chef et puis continuer seuls les affaires. »

Et Renan en arrive à une idée déjà chère à l'historien Boulainvilliers au XVIIIe siècle et à Augustin Thierry : il y a de l'Allemand en nous, un tropisme coupable de l'aristocratie qui se sent attirée par sa race originelle, les « Franks », et leurs chefs, les « Karl Martel », les « Karl Magne ». « La France au Moyen Age est une construction germanique élevée par une aristocratie militaire germanique avec des matériaux gallo-romains. Le travail séculaire de la France a consisté à expulser de son sang tous les éléments déposés par l'invasion germanique, jusqu'à la Révolution qui a été la dernière convulsion de cet effort. L'esprit militaire de la France venait de ce qu'elle avait de germanique. »

C'est dans ce contexte déprimé qui succède à la défaite de 70, que se développe la campagne antisémite de Drumont relayée, ce qui est une nouveauté en France, par les plus fameux écrivains et intellectuels. Quelle tarentule a mordu ces brillants esprits pour les égarer à ce point ? L'écrivain qui, de Montaigne à Diderot, de Montesquieu à Voltaire, montrait le chemin de la tolérance et de la justice, succombe soudain à la fièvre nationaliste. Il délire. Prévost-Paradol l'avait prédit : le nationalisme entraînerait la haine. Drumont, dans *La France juive,* brosse un portrait de la France telle que pouvait la peindre un monomaniaque. Il voit le juif partout, animant un vaste complot, détenant les clés du coffre, de la banque, de la presse, des affaires. C'est à cette bible que vont puiser leurs arguments Daudet, Maurras, Barrès et bien d'autres.

L'affaire Dreyfus apporte à un esprit public divisé la grande querelle dans ce monde où chacun piaffait de se battre. Pour la France, contre l'Allemagne, contre les juifs. Des esprits si déliés, si raffinés vont s'associer à ce qu'il y a de plus borné et de plus bête dans les têtes françaises. Aussi, faut-il que la religion nationaliste, dont nous n'avons plus aucune idée, ait été puissante pour avoir obscurci à ce point leur jugement, jugulé leur raison. Ils vont se donner à fond dans la croisade contre cette nouvelle hérésie. Le pire, c'est qu'ils croient s'être croisés pour défendre la France, alors qu'ils vont devenir, sans le savoir, ses ennemis, les contempteurs de ses principes.

Maurras est sourd. Pas seulement parce qu'il a l'ouïe déficiente, mais parce que son esprit si pénétrant s'est enfermé dans des limites et dans des chimères. Cet esprit logique n'est que contradiction, l'apôtre du réalisme est un chimérique qui croit que la monarchie, cette vieille défroque dont les Français ne veulent plus, sera une solution à tout. Catholique de raison, il déteste le christianisme. Il connaîtra un double désaveu : les adeptes de son mouvement seront excommuniés par le pape et l'Action française sera reniée par le prétendant au trône. Enfin, ce prophète qui préconise les grands remèdes musclés pour ragaillardir l'Etat n'aime que le morbide Baudelaire, Stendhal, ce jacobin ennemi du clergé, du pape, qui est allé jusqu'à se dénationaliser et s'est naturalisé *milanais.* André Germain, qui l'admire mais qui a su déceler très tôt « tout le mal qu'il fera à la France », lui fait grief d'avoir adultéré le catholicisme en s'efforçant de le dresser contre le christianisme et d'avoir emprunté aux déclamateurs en bonnet rouge ce qu'ils apportaient de plus sacrilège, l'une de leurs idolâtries nouvelles, leur haineux et funeste nationalisme.

Mais c'est Bernanos qui l'a le mieux cerné : « M. Charles Maurras croyait aimer la France plus et mieux qu'aucun d'entre nous, et toutes les raisons que j'aurais de le haïr ne m'empêchent de lui rendre ce témoignage qu'il lui eût volontiers sacrifié sa vie. Mais il n'aimait pas l'honneur français.

Ou du moins il ne voyait en lui qu'un des éléments de la grandeur nationale, un prestige utile à l'Etat. Il était de ceux qui prétendent sacrifier l'honneur à l'intérêt, c'est-à-dire la patrie à l'Etat et finissent infailliblement par perdre l'un et l'autre[1]. »

Le cas de Barrès est plus surprenant encore : il est navrant de voir cet esprit si libre se fourvoyer, lui qui a flirté avec les idées anarchistes, aimé le cosmopolitisme, l'Orient ; comment ce sceptique qui est capable d'admirer ses adversaires, qui n'a pas de meilleur complice à la Chambre que Jaurès et qui a fait installer dans sa propriété de Mirabeau un buste du grand révolutionnaire, peut-il se ranger dans le camp des sectaires ? Pourtant, il aime les contraires, les oppositions, les nuances. Il sait que la France est un pays d'alluvions composites. Quelle lubie le prend alors ?

Léon Blum, qui s'était chargé de le convaincre de s'enrôler sous la bannière de Dreyfus, témoigne de son désenchantement : « Puisqu'il était notre chef, eh bien, il allait nous suivre. Nous avions tellement senti comme lui qu'il ne pouvait pas penser autrement que nous. J'aurais presque engagé de moi-même sa signature et j'étais confiant, joyeux, quand j'allais le trouver ce jour d'hiver dans sa nouvelle maison du boulevard de Maillot. » Blum assiste à ses hésitations : « Il se tut un instant et continua : "Il y a un souvenir qui m'obsède. J'ai assisté il y a trois ans à la dégradation de Dreyfus. J'ai écrit un

1. *Les Croisés modernes.*

article dans *Le Journal,* vous vous rappelez... Eh bien, je me demande si je ne me suis pas mépris. Je me rends compte que chacune des attitudes, chacune des expressions du visage que j'interprétais comme le signe d'une scélératesse totale, parfaite, comportait aussi le sens inverse. Dreyfus était-il le scélérat ? Etait-il un stoïque, un martyr ? Je n'en sais plus rien." Barrès a choisi son camp. » Blum en éprouve une profonde tristesse : « Quelque chose était brisé, fini ; une des avenues de ma jeunesse était close. Je crois aujourd'hui que Barrès ne se décida pas sans un pénible débat. Il dut sentir que son choix décidait du reste de sa vie[1]. »

Ce n'est pas tant Dreyfus que Barrès attaque, que ceux qui le défendent. Entre les profiteurs d'une République abaissée et les partisans d'une résurrection nationale, il a choisi. C'est l'idéologie, c'est la politique qui vont le conduire à l'erreur. Eût-il choisi de suivre son cœur, son sentiment de la justice, il ne se fût pas trahi en s'en prenant à un pseudotraître. Et l'intellectuel en lui se réjouissait de cesser d'être du côté du sentiment pour être du parti réaliste de l'ordre. Il se croyait ainsi sorti des faiblesses de sa jeunesse, de son idéalisme en rejoignant les cyniques. Que la France des « chéquards », des compromis de Panama et des concussionnaires se soit refait une virginité sur le dos de Dreyfus est une autre histoire. Pourquoi tombe-t-il dans ce piège ? D'autant plus qu'en stigmatisant avec tant

---

1. *Souvenirs sur l'Affaire.*

de violence dans ses articles tout le personnel républicain, leurs idées, leurs valeurs, il fait peu à peu de Dreyfus l'emblème de la République et des Droits de l'homme. Soudain, l'homme sensible qu'était Barrès s'exalte à l'idée d'abdiquer ses anciennes faiblesses, en se hissant au rang d'homme fort qui tranche dans le vif au nom de la raison d'Etat. Il se prend pour Richelieu.

Ce qui reste de ce combat douteux, hormis les terribles blessures infligées au corps social, aux catholiques, aux nationalistes qui se sont fourvoyés, c'est l'impression que le réflexe profond des Français a joué : d'instinct, ils ont pris le parti de la justice, un parti qui leur faisait oublier le danger allemand. De ce grand remue-ménage qui a tourné au psychodrame, on peut cependant tirer une leçon positive. « La France sous peine de mort ne peut être raciste », écrivent Hervé Le Bras et Emmanuel Todd dans *L'Invention de la France*. Pour eux, tant que durera la diversité française, elle sera contrainte à la tolérance : « La France est condamnée à l'universel. Elle a besoin de l'universel, elle est donc perpétuellement menacée par une forme cancéreuse de l'universel, la fuite hors du réel dans l'idéologie. »

Les Français renouaient ainsi avec ces grands moments qui émaillent leur histoire où le sentiment de la dignité humaine est plus fort que tout, que la pression judiciaire, que la raison d'Etat.

C'est ce qui se passa lorsque l'affaire Calas connut une issue heureuse à la fin du XVIIIe siècle — pas pour son principal protagoniste, roué à Toulouse et mort dans d'atroces souffrances, en criant son innocence et son pardon, mais pour sa cause. Ainsi, écrit Voltaire, arriva ce jour où l'innocence triompha pleinement : « Ce fut dans Paris une joie universelle : on s'attroupait dans les places publiques, dans les promenades ; on accourait pour voir cette famille si malheureuse et si bien justifiée ; on battait des mains en voyant passer des juges ; on les comblait de bénédictions. »

Une telle liesse, comme on aurait aimé qu'elle réunît les Français lorsque l'innocence de Dreyfus fut proclamée. Mais le nationalisme était passé par là. On était entré dans le temps où les Français ne s'aimaient pas.

Vichy : la tentation de la honte

Evidemment, Vichy peut donner l'impression que des Français n'ont écrit ces pages noires que pour illustrer leurs mauvais penchants. Cette période réunit en effet à elle seule un résumé de leurs faiblesses et de leurs défauts. Ce sont les années de basses eaux, comme l'Empire avait été une époque de grandes marées d'équinoxe. Quelque chose a cassé le mécanisme de la France. Ce pays, fier de lui-même, qui avançait les modèles de Vercingétorix, de Jeanne d'Arc, de Napoléon, qui donnait des leçons au monde, devient honteux et s'enfonce dans l'autodénigrement et la culpabilité.

Il y a un mystère de Vichy. C'est une époque sur laquelle on ne cesse de buter. On n'y reviendrait pas si souvent si l'on ne sentait obscurément que l'on a affaire à l'une des énigmes tragiques de la France. On veut comprendre. On veut déchiffrer les comportements. Mais on a beau s'entêter, il y a toujours un abîme entre la vision simplifiée que nous avons de cette période — une vision en noir et blanc — et le regard que portent sur elle ceux qui l'ont vécue. Au point que l'on aboutit à cette situation paradoxale qui est de croire détenir la vérité contre ceux qui ont eu à la connaître de près, dans sa complexité, dans sa diversité. D'où parfois notre étonnement de voir que nombre d'historiens et d'acteurs, Amouroux, Robert Aron, Henri Frenay, le colonel Rémy, François Mitterrand, Bénouville, qui bien souvent ont souffert dans leur chair, ne sont nullement vindicatifs. Ils nous semblent nuancés dans leurs propos et très éloignés de notre jactance péremptoire. A les en croire, rien n'était simple. Et nous, nous voulons de toutes nos forces enfermer ces quatre années dans la problématique réductrice de la lutte du bien contre le mal.

Aussi, rien ne m'agace plus que les jugements à l'emporte-pièce sur cette époque. Il est si facile de récrire l'Histoire avec les yeux d'aujourd'hui, et si dérisoire de s'ériger en héros quand le danger a disparu. Aucun temps n'a été plus complexe, plus difficile à comprendre et à vivre, car justement rien n'y était clair. Pétain était-il encore un maréchal républicain ? Jouait-il un double jeu ? Etait-il secrètement d'accord avec de Gaulle ? Et de Gaulle n'était-il pas un factieux qui travaillait aux yeux des uns pour les communistes et aux yeux des autres pour le comte de Paris ? La Résistance n'allait-elle pas faire le jeu des communistes qui avaient pourtant refusé de combattre les Allemands en 1940 ? Toutes ces questions augmentaient la confusion. On n'avait plus de repères. Quant aux grandes intelligences, aux maîtres à penser, ils se montraient discrets. Ils se taisaient comme Malraux, ce terrible silence de Malraux pendant quatre ans avant le réveil brusque dans la Résistance en 1944 ; et Mauriac et Valéry, on ne les entendait pas non plus. Les grandes consciences étaient dans la perplexité. Cela peut aussi expliquer qu'en face de ce silence tant de gens se soient trompés sur la vocation de la France. Faut-il s'étonner si chacun tâtonnait dans sa nuit ?

Si on ne tient pas compte de cette complexité de l'Histoire, Vichy reste incompréhensible. On ne peut pas comprendre que le gouvernement de ce pays cocardier, nationaliste, irrévérencieux, trouve soudain normal de faire bonne figure à son vainqueur, de pactiser et, même, de collaborer avec lui. Le régime se lance dans des procès en inquisition pour trouver des responsables à la défaite. On soupçonne tout le monde : les juifs, les républicains, l'Amérique, les politiciens de la IIIe République, les francs-maçons. Les députés si discrédités de cette France amputée de sa tête, de Paris, de la moitié de son territoire, de sa façade océanique, se donnent un chef d'Etat et un gouvernement dont l'une des premières mesures est d'exclure les juifs de la fonction publique, de l'armée, de l'enseignement, de la diplomatie et de procéder à la dénaturalisation de certains d'entre eux. Cette mesure inique des ordonnances d'octobre 1940 est, avec la politique de collaboration, le coup le plus dur porté à la France : elle soumet un pays qui révère la liberté, sinon à l'idéologie nazie, du moins à une conception ségrégationniste moyenâgeuse. Vichy cède au démon pressenti par André Suarès : « Et que fera-t-on de la France si on la fonde sur la race ? Elle est la nation par excellence et l'antidote de la race par mission... L'anéantissement de la France est le second article du Décalogue allemand. Face à cet ignoble dogme du démon, la France de tous les temps est la nation de l'Evangile : telle est sa personne et sa figure aux yeux du monde : la nation telle qu'elle s'est faite en France, pour la première fois, est indissolublement liée à la conscience chrétienne, à la justice universelle, à l'individu, à la raison, bref, à l'esprit de liberté de l'homme. La France ne se sépare jamais du genre humain. Elle dit avec l'Apôtre : "Qui n'est pas dans l'amour est dans la mort." »

La France s'est effondrée. Elle n'avait jamais connu un tel désastre. Paris envahi par la coalition des alliés à la chute de l'Empire, cela était apparu, certes, comme une claque humiliante, mais on leur avait donné du fil à retordre, à ces puissances. Quelle bouffée de gloire on pouvait encore respirer en pensant à l'autre, sur son rocher de Sainte-Hélène, même si les cosaques bivouaquaient aux Champs-Elysées en criant *bistro.* Paris avait bien été assiégé en 1870. On avait traité avec Bismarck pour se débarrasser des communards. Ce n'était pas joli-joli, mais cela restait de la politique. Tandis que là, ce n'était pas avec les Allemands de Guillaume Ier qu'on collaborait, mais avec les nazis. Et on leur concédait, pour se faire bien voir, ce statut des juifs dans lequel on jetait allègrement par-dessus bord notre principe de dignité nationale.

Il avait suffi de toucher à ce principe, cette pierre angulaire, pour que l'édifice s'effondrât. La France n'était plus la France, mais un empilage de communautés qui défendaient leurs intérêts.

C'était le piège : renoncer à la France pour satisfaire son intérêt. Tout le monde a donné dans le panneau.

Pétain, le premier des Français, donne l'exemple. De Gaulle ne l'accable pas dans ses *Mémoires.* Le portrait qu'il brosse est celui du gâchis de la vieillesse, la tristesse devant un grand soldat qui ne comprend plus son époque, ni le rôle qu'étant donné sa stature il aurait dû, en bonne logique, y jouer. Il ne devait à aucun prix remplir ce rôle déshonorant. L'armistice, après tout, peut se concevoir. Mais la collaboration de la part du vainqueur de Verdun, l'ordonnance sur les juifs ne sont pas excusables. De Gaulle suppose que Pétain a vu en 1940 une sorte de troisième manche avec l'Allemagne : la première perdue en 1870, la seconde gagnée en 1918 ; eh bien, la quatrième manche serait gagnée, voilà tout. Pour cela, il fallait recomposer l'âme française et reconstruire l'Etat. Mais l'idéologie nazie n'a plus rien à voir avec le militarisme de Guillaume Ier. Cela, Pétain ne le comprend pas. Reste la principale énigme chez lui, la promulgation du statut des juifs. On le met sur le dos d'Alibert ou de Peyrouton et de quelques autres maurrassiens. Pétain l'avalise. Pourquoi ? S'il déteste les francs-maçons à cause de

Joffre, qui grâce à ses liens maçonniques l'a supplanté, rien, sous la plume de ce général qui passait pour républicain, n'a révélé jusqu'alors l'antisémitisme. Les historiens qui ont épluché ses lettres, ses discours n'ont rien découvert. On trouve plutôt le contraire. Notamment sa lettre au rabbin Isaïe Schwartz, citée par Robert Aron, en 1943 : « Tant que je serai vivant, je n'accepterai jamais que cette ignominie qu'est l'étoile jaune soit appliquée en zone sud. »

Mais, en dépit de cette déclaration, il avalise l'ordonnance d'octobre 1940.

Pétain n'est pas le seul à trouver dans la défaite un intérêt pour lui-même et pour la France, il est suivi, soutenu, encouragé par quelques-uns. Même si les Français dans leur ensemble, traumatisés, vivent dans une hébétude hantée par cette obsession : un million cinq cent mille tués en 1918, trois cent mille morts en 1940, des prisonniers dont le chiffre s'élève à un million cinq cent mille hommes.

Les nationalistes saisissent l'occasion pour se débarrasser de la République, la femme sans tête, et tenter d'imposer au pays un régime de maison de redressement : de l'air pur, de la campagne, des idées saines, de l'exercice, de la messe. On écarte les mauvaises influences : les idées juives, les penseurs des Lumières. On se vêt d'une robe de bure, on s'inflige la discipline dans la plus belle tradition de Port-Royal. Un Port-Royal sans Dieu puisqu'on l'a tuée, cette divinité que, soi-disant, on idolâtre : la France. Soudain, ces hommes ont la délicieuse impression qu'une divine cour d'appel vient de recondamner Dreyfus.

Beaucoup de catholiques aussi tombent dans le piège. Il faut dire que ça fait longtemps qu'ils sont déboussolés. Le clergé réagit lui aussi en communauté. Quelle belle occasion de reprendre les privilèges perdus avec la séparation de l'Eglise et de l'Etat. On a sa revanche. On va essayer d'en tirer des avantages pour les congrégations d'enseignement. L'épiscopat est ravi de mettre ses robes rouges au service de l'Etat.

C'est la politique des communautés et du chacun pour soi. Quand on a près de deux millions de prisonniers, c'est-à-dire soit un père, soit un frère ou un oncle, on ne se sent pas l'esprit disponible pour les grands principes. On a le nez dans les combines, les passe-droits et la carte d'alimentation.

Chaque communauté croit qu'elle va sortir son épingle du jeu. La France d'en haut, celle des ambassadeurs, de la haute finance, se dit qu'on peut tout arranger avec un coup de téléphone à Otto Abetz ou à von Papen, qui sont des gens bien élevés avec lesquels on a chassé dans la Forêt-Noire. D'autres connaissent les Krupp, les Thyssen.

Les politiciens se mettent eux aussi à former une communauté d'intérêts. Pourtant, qu'est-ce qui peut bien réunir ce conglomérat hétéroclite qui va d'un ancien communiste comme Doriot à un jeune socialiste comme Déat, à Gaston Bergery, un radical, qui mêle ex-cagoulards, technocrates vaguement synarchistes comme Pucheu, vieux politicards comme Laval ?

La France se provincialise, elle devient le pire de la province : l'esprit étriqué, la jalousie, les cancans, le charivari, le qui-couche-avec-qui, l'alliance du curé et du maire pour faire la morale. On pense mesquin, cantonal, municipal. On ne voit plus les problèmes que sous l'angle étroit du mur mitoyen, du chemin vicinal. D'ailleurs, on ne l'a pas seulement amputée de Paris, cette France, on l'a également privée de ses fenêtres sur l'océan, le grand souffle océanique, comme pour fermer la porte aux grands rêves, à la liberté. Les amiraux d'opérette de l'hôtel de Paris et de l'hôtel du Parc, qui paradent en grand uniforme, ne donnent pas le change. Surtout, Paris manque à la France : ce Paris des écrivains libres, des journalistes rouspéteurs, de ces juifs qui donnent à tout depuis Offenbach un air de fête tantôt gai, tantôt triste, avec leurs violons nostalgiques, leurs blagues tragiques, leur humour qui fait pleurer ; les juifs instillent dans le corps social des ferments de modernisme, d'angoisse, de création qui font un très bon antidote à cette aristo-bourgeoisie rêveuse, endormie dans le confort intellectuel, conservatrice, autoprotectrice qui a tantôt des accès bellicistes — le vieux sang des Franks —, tantôt des accès de prudence. Où est le Paris irrévérencieux, frondeur, anarchiste, ennemi de l'autorité, le Paris qui joue avec tout, avec les idées, avec les révolutions, avec le théâtre ? Ce Paris-là est absent de lui-même. C'est un Paris de carton-pâte qui réagit comme un automate aux ordres de Bousquet et de la Kommandantur.

Renan a raison de dire que tous les désastres de l'Histoire sont solidaires. Vichy reprend tous les vieux spleens à son compte : la déprime post-révolutionnaire que les curés soignaient à coups de piqûres de culpabilité, le terrible traumatisme de 1870, les blessures de l'affaire Dreyfus, les humiliations du ministère Combes. Tout cela, par couches géologiques, s'empile dans l'âme vichyssoise. Ce traumatisme psychanalytique produit l'accablement. On a recours aux vieilles méthodes jansénistes : l'autodénigrement, le *mea culpa,* la confession, la punition.

Resurgit alors un vieux poison qu'on avait vu poindre à l'occasion des défaites : en 1815, et surtout en 1870. L'idée que perdre une guerre, être vaincu, peut se muer en avantage. On se plaît à croire que, comme dans l'affliction, le malheur, l'âme peut tirer un profit de l'adversité, de la même façon, subir une invasion peut être l'occasion d'un sursaut salutaire. Renan après la défaite de 1870 avait exalté cet état d'esprit : « Oui, il serait possible qu'un jour cette guerre funeste dût être bénie et considérée comme le commencement d'une régénération. Ce n'est pas la seule fois que la guerre aura été plus utile aux vaincus qu'aux vainqueurs... la Guerre est de la sorte une des conditions du progrès, le coup de fouet qui empêche un pays de s'endormir, en forçant la médiocrité satisfaite d'elle-même à sortir de son apathie. »

Les ravages de Vichy s'exercent sur des écrivains qui paraissaient libres, comme Chardonne, Brasillach et surtout Morand, qui n'est d'ailleurs pas le plus militant. Il est trop sceptique pour cela. Morand possède pourtant toutes les qualités qui devraient lui éviter de tomber dans l'idéologie vichyssoise : ce païen aime la vie, le sport, les femmes, les bains de mer. S'il y a du jansénisme chez lui, il le cache bien. Il a la religion du monde, de la promenade en forêt, de l'amitié et des plaisirs. Il aime s'encanailler, aller au Bœuf sur le toit, parler avec des homosexuels, des partouzards, des lesbiennes. Antisémite sans doute, mais c'est un antisémite qui aime toutes les productions artistiques des juifs, la peinture moderne, le surréalisme, il aime Maurois comme Zweig. Il adore Proust.

On ne peut le soupçonner d'être influencé par le parti catholique, qui le fait bâiller. Son nationalisme est modéré par son internationalisme et sa fréquentation du Quai. Il aime l'esprit français, l'esprit, cette superficialité indolore des gens du monde qui glisse à la surface des choses, de leur fortune, de leurs amours, de la politique, comme s'ils étaient les figurants d'une histoire éternelle. A quel pays appartient vraiment Morand et à quel siècle : il est parisien, mais son pays véritable, c'est celui qui accorde toute liberté à sa sensualité : piloter des voitures décapotables, les cheveux au vent, tenir un pur-sang sous ses jarrets, une belle femme très riche sous son muscle pour en arracher, comme un lutteur, un petit cri qui demande merci ; une feuille de papier à laquelle il imprime son style bref, cinglant, qu'il torche entre deux parties de bridge, deux cocktails et qu'il s'empresse de publier. Son rêve n'a jamais été d'aller se faire tuer pour une idée qui change tous les trente ans, se traîner dans la boue des tranchées avec le populo pour en revenir avec une gueule cassée. Et pourquoi ? Pour une décoration, pour l'honneur de servir ? Ce calculateur habile qui n'aime que les risques contrôlés, les aventures avec billet de retour, choisit la prudence, le gouvernement de la France réduit aux acquêts, il glisse sur sa pente de sceptique et de spéculateur qui ne se hasarde pas aux investissements incertains et préfère les placements de père de famille. Il quitte Londres en 1940 pour rejoindre Vichy. Croyant choisir l'ordre, il va connaître le désordre, pour éviter les désagréments de l'exil, il va s'y plonger.

Pendant plus de vingt ans, Morand ruminera sa rancœur contre de Gaulle. Au crépuscule de sa vie, enfin il tient sa vengeance. Elle lui vient de ces chevelus un peu sales, qui pourtant lui gâchaient ses promenades sous les Procuraties, à Venise. La grande lessive de Mai 68 bazarde ce monde héroïque qui lui déplaisait tant. Il exulte dans son *Journal inutile* : « Ce qu'il y a de sympathique dans le mouvement étudiant, c'est qu'ils emportent, dans la même haine, et comme en faisant partie, la société de la Résistance. Témoins ces deux salles (de l'Université de Strasbourg) débaptisées, car portant le nom d'un professeur fusillé ou déporté, Cavaillès. Excellent. Premier parti, depuis 1944, mettant l'avenir sur un bon terrain. » Mai 68, revanche de Vichy, quel pied de nez de l'Histoire ! Cette détestation du gaullisme, comme elle devait être profonde chez Morand, plus fondamentale qu'un simple désaccord politique pour qu'elle le jette dans les bras d'une jeunesse débraillée qui rêve de mettre à bas la douce société élitiste et humaniste dans laquelle il a vécu comme un poisson dans l'eau. Une haine qui chez ce modéré balaie tout au point de le rendre allergique au sacrifice d'un héros.

Pourtant, cet état d'esprit de Vichy est en contradiction avec tous les moments d'un passé que Morand ne pouvait récuser en bloc : le Français, avec tous ses défauts, disparaît : il était frondeur, il devient conformiste ; il s'intéressait aux autres, il ne se préoccupe plus que de lui-même ; il voulait diriger le monde, il se contente d'un territoire amputé ; il ne supportait pas l'injustice : que l'on retire un cheveu à Calas, à Dreyfus, aux sergents de La Rochelle, et le voici dans la rue qui prend les armes et appelle à la révolution et à l'insurrection. Et là, alors que tout ce qui, d'ordinaire, le fait réagir est réuni, il ne bouge pas. Comme si ses réflexes avaient disparu. Les Français, si individualistes mais si solidaires les uns des autres, ont perdu le principe qui en faisait une nation.

Dans le même moment, des hommes publient des tracts, rejoignent le maquis, organisent des sabotages, créent des réseaux de résistance qui vont les conduire à Londres ou au mont Valérien. Et le lieutenant Michel Forget, qui s'est conduit en héros en

1940 avec le 11e REI, à Toul, à Metz, s'évade de son camp de prisonniers avec son ami Chevillotte, et tous deux astiquent leurs brodequins pour passer les Pyrénées en fraude.

Drieu, mort du mal de la France

J'aime bien Drieu. Bizarrement, je ne peux pas l'associer à Vichy, à la collaboration : il ne leur appartient que par un malentendu. Il n'est ni un planqué, ni un replié, ni un prudent, encore moins un lâche. Et il va mourir en héros, le héros qu'il n'a pu être par lassitude, profond scepticisme, écœurement, vieillissement de l'âme. Dans sa maladresse, il est totalement un artiste, un écrivain. Le théâtre que joue l'Histoire, ses péripéties sont secondaires par rapport à son drame personnel. Ce trait est frappant dans son *Journal* : sur la même page, apparaissent l'annonce de la défaite de Stalingrad, une crise d'hémorroïdes, un revenez-y d'amour pour Beloukia, une partie de pattes en l'air avec une jeune admiratrice et un passage de la *Bhagavad-gîtâ*. Vichy, pour Drieu, c'est le pistolet que lui tend l'Histoire pour en finir. Cela fait longtemps qu'il veut qu'on décide enfin pour lui de sa mort qu'il attend comme une délivrance. Déjà à Charleroi ! Mais, là, au lieu d'être mort, il s'est réveillé en héros, un héros qui allait montrer sa blessure au bar de Maxim's.

Aussi toute sa conduite, sa pensée à cette époque sont-elles celles d'un suicidaire.

J'ai découvert Drieu à l'âge de dix-huit ans. La lecture de *Gilles* m'envoûta. Et le fantôme de son auteur est devenu pour moi un compagnon familier. Drieu n'est peut-être pas l'écrivain que j'admire le plus, il est celui qui m'est le plus fraternel. J'aime son air de grand garçon triste, son art bien à lui de tout gâcher en amour et de tout embrouiller en amitié. C'est un idéaliste, un pur, qui patauge dans la boue, non celle qu'il a connue dans les tranchées en Champagne, dans les Ardennes, mais la boue de la vie quotidienne, de cette chienne de vie qui lui fut mortelle comme elle le fut à son ami Jacques Rigaut et à bien d'autres compagnons des fêtes délétères de l'après-guerre.

Une seule chose m'a toujours agacé chez Drieu : ses idées politiques. Cet homme rongé par le doute qui ne croit ni à Dieu ni à diable, ni à l'amour ni à l'amitié, a eu le chic de s'embourber dans des choix catastrophiques : le fascisme, le communisme. Comme il les aura adorées, ces idéologies en « isme », ces grandes religions noires ou rouges qui voulaient changer l'homme, la société, et qui, sous leurs allures modernes, ont révélé de vieux instincts barbares de destruction et de mort. Le Drieu fasciste avec ses certitudes en toc, son goût de la violence, son sectarisme, m'est étranger. Il me semble qu'il trahit le vrai Drieu, celui qu'il n'a jamais cessé d'être, l'ami de Berl qui sauvait des juifs et des francs-maçons, plutôt que celui qui, enfermé dans une idéologie aveugle, croyait aux illusions de la race des seigneurs. Le romancier Drieu est curieusement très peu contaminé par ses lubies politiques. J'aime le Drieu romancier, celui qu'aimait Malraux, l'écrivain qui plonge un scalpel très profondément dans le cœur de ses personnages, se fait mal, se blesse dans sa quête de vérité.

Je me souviens de ma lecture du *Feu follet.* J'avais vingt-deux ou vingt-trois ans. Mon premier manuscrit venait d'être refusé par une dizaine d'éditeurs. Ce qui n'est jamais très gai. Dans le grand salon d'une vieille maison de campagne, hanté par le souvenir de Mallarmé et de Valéry, je me plongeai dans les affres de ce grand frère noir qui brûlait sa vie avec la passion de se détruire. Etrangement, on passait et repassait un disque, les *Gymnopédies* d'Erik Satie, musique triste que j'associais à ce livre poignant sans imaginer qu'un an plus tard, Louis Malle, dans son film, aurait l'idée de les relier.

Aucune mélodie ne rend mieux la solitude désenchantée qui est l'atmosphère du *Feu follet*. Ce roman de Drieu écrit avec une fougue expiatoire répondait à un autre de ses écrits, *La Valise vide,* dont le héros déjà était Jacques Rigaut. Entre les deux livres, Rigaut s'était donné la mort. Ces deux textes, puis *Adieu à Gonzague,* occupent une place particulière dans l'œuvre de Drieu : ils témoignent de sa longue méditation sur le suicide et peut-être aussi sur une question tout aussi vaste : qu'est-ce qui nous retient à la vie ?

C'est à la politique que Drieu a demandé de remplir ce rôle : le retenir à la vie, le justifier, donner un sens à ses errements, être le point fixe qu'il ne pouvait trouver ni dans l'amour ni dans l'amitié. La politique, il s'en drapait comme on revêt l'armure du chevalier. Ainsi prêt à partir en croisade, il s'imaginait invincible. Elle lui apporterait ce qui lui manquait en tout : une croyance, une foi. Rien n'est plus pathétique que sa quête d'un ancrage. Gauche, droite, centre, fasciste, communiste, il a tout essayé, tout tenté. Vichy de ce point de vue offre toutes les panoplies possibles : ce salmigondis de fascistes, d'ex-communistes, de radicaux, de résistants qui jouent le double jeu. Le Drieu politique est une phalène qui se brûle les ailes à toutes les lumières du siècle. Chaque fois, il croit avoir trouvé l'homme providentiel, le politique qui va lui servir de guide. Bergery, le radical, Doriot, le communiste passé au fascisme. Cette politique, combien d'heures a-t-il perdues avec elle ? Pensait-il qu'elle allait le sauver, l'arrimer solidement à la vie ou bien, avec sa prescience, imaginait-il qu'elle serait ce prétexte à sa perte qu'il cherchait confusément ?

La passion de la France joue un grand rôle dans l'itinéraire de Drieu. Ses premiers livres, *Etat civil, Mesure de la France,* pourraient avoir pour titre celui de son premier essai, *Interrogation.* Lui, le soldat démobilisé qui vient de vivre l'expérience la plus déprimante et la plus exaltante, celle du nationalisme, il s'interroge : qu'est-ce que la France ? Qu'est-ce qu'un Français dans ce siècle déboussolé, dans un Occident emporté dans la décadence ? Militant à part, engagé pour nulle part, s'empêtrant dans la multitude de ses adhésions et dans leurs incohérences, ce sceptique, ce frigide de la conviction, va être l'expérimentateur acharné de tous les poisons du siècle. Comme Jünger avait essayé toutes les drogues, Drieu expérimente les idéologies.

Il a regretté de n'avoir pas eu le geste du docteur de Martel qui a avalé une dose mortelle de véronal le jour de l'entrée des Allemands à Paris. Puis, quand la Libération approchait, il a voulu être Malraux, mais Malraux qui existait déjà le dispensait d'être sa pâle copie.

Drieu sous l'Occupation a commencé à s'intéresser aux questions religieuses. Il lit les textes bouddhiques et les Evangiles. Très vite, il se passionne pour le personnage de Judas dans lequel il trouve son double. Comme lui, il se sent rejeté, avili ; n'est-il pas à son tour le mauvais héros d'une belle histoire, celle du nationalisme qui a sombré dans la collaboration ? Il s'identifie à ce paria rejeté par les siens qui a pourtant accompli un devoir plus haut que celui de la fidélité, l'obéissance aux décrets du sombre destin qui lui est dévolu. A sa manière, comme le Christ, il doit payer pour les autres. Cela lui plaît d'être un personnage de l'ombre, un homme détesté acculé à la seule issue qui lui reste : le suicide. Mais dans cette pièce avortée qu'il tente d'écrire et que très vite il abandonne, Drieu sait-il exactement ce qu'il veut dire ? Qui a-t-il trahi ? La France ou bien lui-même, l'idée qu'il se faisait de lui-même, ce héros qu'il n'a pas réussi à devenir — ou seulement une seule fois pendant la bataille de Charleroi ? Peut-être Drieu s'aperçoit-il trop tard qu'il s'est égaré dans l'action, qu'il a trahi ce qui comptait le plus pour lui : sa vocation d'artiste. Ce n'est pas un hasard si le dernier livre qu'il ébauche, *Les Mémoires de Dirsk Raspe*, inspiré du destin de Van Gogh, est l'itinéraire d'un artiste libre de toute attache sociale, qui se voue à Dieu et à l'art.

Il n'empêche : la question nationale le tourmente. Elle est toujours en filigrane de ses préoccupations depuis *Mesure de la France*, où il la voyait disparaître : « La France est morte. Mais qu'est-ce qu'une France qui vient de mourir, il y en a plusieurs, il y en a qui naissent étranges et terribles... et par là-dessus, il y a une France éternelle qui a été et qui sera, comme une amoureuse qu'on n'oublie pas, même si éventrée, crevée par une invasion, elle expire son âme personnelle. »

Drieu meurt d'avoir trahi en lui quelque chose qui était la France. Tout ce qui le poussait vers le haut. Il s'est d'abord laissé asphyxier par les vapeurs méphitiques de la collaboration, du nazisme, et puis il a ouvert le gaz. Dans ce geste, il rejoint les héros qu'il aimait. Faute d'avoir été le résistant qu'il aurait rêvé d'être, il s'est fusillé lui-même.

Le mont Valérien : l'aube des sept douleurs

Le mont Valérien est couvert de neige. Il fait froid. Pourtant le soleil est là, mais c'est le soleil glacé de janvier qui illumine sans réchauffer. Ce qu'on aperçoit dès l'abord, ce sont les tombes des soldats américains morts pour la libération de Paris : des croix blanches dans un champ de neige. Autour de ces morts plane je ne sais quelle paix qui rassurerait presque. Cette éminence qui domine Paris inspire une piété pleine d'effroi : toujours y ont été mêlées la prière et les armes. Ce n'est pas un hasard si, avant de devenir le siège de l'état-major, puis un haut lieu de martyre, elle a été autrefois une terre de pèlerinage, un calvaire, le siège d'une abbaye où l'on enterrait les moines dans le cimetière de Notre-Dame-des-Sept-Douleurs. Les fidèles qui passaient en procession trouvaient que cette colline avait des airs de Golgotha. Cette croix qui la surmontait, comme son ombre aura accompagné les souffrances des hommes ! Sur la façade du mémorial édifié dans le style rude et angulaire du palais de Chaillot, des motifs sculptés en bronze commémorent tous les aspects de la France combattante. Deux petites portes en bronze doré ont été ménagées. Elles conduisent à un escalier qui monte vers la douleur.

C'est en haut de cet escalier qu'un chemin mène à la chapelle où les camions bâchés déversaient au lever du jour leur contingent de jeunes hommes à abattre. Ils passaient par la porte du fort, patibulaire, et grimpaient la côte raide avec un bruit de changement de vitesse, des à-coups, jusqu'à la chapelle désaffectée de l'ancienne résidence de la famille Forbin. C'est dans cette chapelle qu'ils vont attendre la mort. Deux fenêtres surmontées de vitraux, protégées par des barreaux, font pénétrer le jour qui se lève : les faubourgs de Suresnes, au loin la forêt de Saint-Cloud sortent de la nuit.

On les fait descendre du camion où ils ont voyagé assis sur leurs cercueils, une caisse rectangulaire en bois blanc qu'ils transporteront dans la chapelle. L'abbé Stock les accompagne. Ce prêtre blême les aide à mourir. Ce qu'il lui aura fallu de force intérieure pour être, quatre années durant, le confident et le réconfort de ces hommes qui s'en vont, c'est difficile à imaginer. On peut penser qu'il ne perd pas beaucoup de temps à les confesser. Qu'ont-ils à se reprocher, ces jeunes gens de dix-huit, vingt ans dont on va dans quelques instants arracher la vie ? C'est lui qui voudrait leur demander pardon pour ce crime qu'on commet et devant lequel il est impuissant. Que peut-il leur dire ? Comment trouver en soi les paroles qui les aident à guérir la peur ? Car cette mort, elle est là, maintenant, très proche. Tout le monde sent sa présence : les soldats en armes, nerveux, qui préféreraient n'importe quelle autre besogne à ce sale travail de bourreau, l'abbé Stock qui mesure à quel point, dans cette ultime messe, le vin est vraiment le sang du Christ ; et tous les hommes prisonniers dans la chapelle qui résonne de silence, de pleurs, de ferveur pour la vie, ces hommes qui inscrivent leur nom sur le mur avec leurs ongles, avec un peu de sang. Pour qu'on se souvienne. Cette mort, elle est sensible comme le froid. A quoi bon ? Quelle idée si belle, si noble soit-elle, vaut-elle qu'on meure pour elle ? Comme ils doivent être tentés, à cet instant, d'abjurer leur foi, leur patrie pour cette religion suprême de la vie. L'abbé Stock trouve des paroles qui réchauffent. Il sait qu'à chaque fois, avec un jeune visage, c'est un peu de sa vie qui s'en va. Quelle illusion peut-on garder quand on a assisté à tant de martyres ? Et pour un d'Estienne d'Orves, soutenu par l'orgueil de la tradition militaire, raidi dans l'honneur, porté par la foi chrétienne, combien sont-ils pour qui la mort n'est pas la vie éternelle, mais le néant, l'absurdité ? Et ceux-là, comment les conduire au bout de la vie, provoquer cette étincelle d'illusion qui est la grâce ? Je comprends que l'abbé Stock soit mort d'épuisement à la Libération. Chaque soupir, chaque détonation a retenti dans son cœur. Pas une fois, deux fois, mais mille, deux mille, trois mille fois. Comme il devait craindre à la fin de se laisser envahir par la lassitude, de risquer d'être hébété, d'avoir les yeux éteints quand il devait regarder dans les yeux celui qui allait mourir, lui, non pas tous les autres, lui qui avait peur parce qu'il ne savait où il allait.

Puis il y a les ordres brefs. Le bruit des mousquetons. Des chiens qui glapissent. On ouvre grandes les portes de la chapelle. On encadre les hommes portant leurs cercueils et ils prennent le chemin de la clairière en contrebas. C'est là sans doute qu'autrefois le comte de Forbin montait à cheval avec ses fils, leur apprenait les voltes, le saut d'obstacles. Les hommes qui s'engagent dans cette allée funèbre, s'ils pouvaient jeter un regard un peu plus haut, vers la demeure du comte, à cent mètres — et je veux croire que l'un d'entre eux l'a vue et que s'ils ne l'ont pas vue, ils l'ont sentie —, ils découvriraient que sur un des clochetons, il y a une croix sculptée. C'est une croix de Lorraine, de la Lorraine d'où venait la famille Forbin. Je n'ose imaginer ce que cette vision a provoqué dans le cœur d'un de ces jeunes hommes au bord de perdre l'espoir : une joie, un enthousiasme qui a pu l'aider à basculer dans l'autre monde.

Il est rare de mourir ainsi en pleine conscience, d'observer le sablier de sa vie se vider devant soi avant la seconde fatale. Et là, pas une main amie à serrer, ni celle d'une épouse, pas d'enfants en larmes, on a en face de soi des ennemis auxquels on n'a que la ressource de crier : « vive la France ». Ces secondes que cadence chaque pas, comme elles résonnent ! Quelle intensité doit avoir la vie dans ce cœur, comme il doit battre.

Six poteaux sont fichés dans le sol de la clairière. On y attache les condamnés. Certains refusent qu'on leur bande les yeux. Sommations réglementaires. Détonations. L'officier donne le coup de grâce. Les soldats placent les corps dans les cercueils puis les entassent dans les camions bâchés qui partent dans la nuit, franchissant la voûte puis le porche du fort. Tous ces corps seront jetés dans les fosses communes des cimetières de banlieue : Thiais, Garges-lès-Gonesse, Aubervilliers.

L'abbé Stock revient à la chapelle. Le jour se lève. Toutes ces vies qui ont fui entre ses mains, ces jeunes visages pleins d'appel, d'enfance, d'innocence ! Ses pas doivent être lourds pour remonter cette pente. Et si cela était fini... Mais non, demain encore à nouveau, il lui faudra trouver le courage de ne pas pleurer, de ne pas montrer son indignation, sa révolte.

Comme il fait froid ! Que ce paysage est beau sous la neige avec ce soleil. Au-dessus de la clairière se forme une architecture de zones sombres et de lumières, comme une cathédrale de douleurs. Ce lieu est habité. Des ombres ne cessent de le hanter. Elles y cherchent les souvenirs de leur jeunesse. Qui sont-elles ? Les âmes errantes des cinq élèves du lycée Buffon, celles de Manouchian et de ses amis de l'Affiche rouge ?

Le guide qui me conduit n'arrive pas à s'habituer à cette visite. A chaque fois, il est troublé :

— Je n'aime pas venir seul ici, voyez-vous. Je sens une présence. Comme s'ils étaient toujours là. Comme s'ils revenaient, ceux qu'on a assassinés. Parfois je me retourne brusquement : j'ai l'impression qu'il y a des Allemands avec leurs chiens.

Je franchis une dernière fois la voûte de la porte du fort avec un sentiment de soulagement. Comme si je revenais dans le monde de la vie.

Ceux qui doutent de la France devraient venir ici de temps en temps. Ils ne pourraient plus écrire ce qu'ils écrivent sur elle. La plume leur tomberait des mains. Comme on se fiche alors de ce qu'ils ont publié, les Maurras, les Brasillach, les Rebatet ! Ça a vraiment peu d'importance. Comme leurs divagations pèsent peu face au courage de ces hommes dont on ne sait plus les noms mais dont on sait qu'ils ont existé !

Camus, dans *Lettre à un ami allemand,* raconte à propos de l'attitude des prêtres dans cette époque noire une anecdote qui nous glace. Elle montre aussi ce qu'étaient ces héros de la Résistance, de braves types souvent inconscients du danger qui les menaçait, si jeunes qu'ils croyaient ne jamais devoir mourir. Un jour, il y a une rafle d'otages. Dans le lot, un garçon de seize ans. Il est dans le camion bâché à côté d'un prêtre allemand qui tente de l'aider dans ses derniers instants mais qui n'est pas du genre de l'abbé Stock. Le camion roule dans la nuit. Le jeune garçon aperçoit un interstice dans la bâche. Il en profite pour s'y précipiter. Dans l'obscurité, personne ne s'est aperçu de rien. Sauf le prêtre. Il frappe au carreau pour prévenir le conducteur. Le camion s'arrête. Les soldats se précipitent. Ils ramènent le jeune homme après l'avoir un peu tabassé. Le camion reprend sa route et le prêtre ses prières. L'enfant le regarde sans comprendre. Tous seront exécutés.

La conclusion du prêtre qui a raconté cette histoire à Camus, c'est qu'un prêtre français se serait tu. Un prêtre allemand met sa patrie au-dessus de sa foi. Et l'abbé Stock était unique. Quelques hommes uniques, est-ce que ça ne suffit pas à racheter une époque ?

Il y a eu assez de pathos sur la Résistance. Pas la peine d'en rajouter. D'autant que la fausse Résistance, je ne parle même pas de celle de la veille ou du lendemain, mais de cette pseudo-Résistance haineuse des règlements de comptes, des femmes tondues, des places à prendre et, plus tard, des vanités, de la gloriole, la rend banale. Ceux à qui je pense, ce ne sont pas ses chefs, les Moulin, les Brossolette, les Delestraint, les d'Estienne d'Orves, les Gabriel Péri, qui sont morts en héros avec les honneurs, mais tous les autres dont les noms, quand on les connaît, s'effacent sur le marbre.

De Gaulle, pour ses obsèques à Colombey, n'a rien demandé. Il ne voulait que le service qui honore la mort de tout le monde. Il ne souhaitait pas d'honneurs. Il était payé pour savoir ce qu'ils valent. Non, il n'a voulu qu'une chose : qu'on plaçât près de lui, dans son cercueil, la liste des mille trente-huit noms des compagnons de la Libération. C'est avec eux, avec eux seuls, qu'il s'est embarqué pour son long voyage dans la nuit.

De Gaulle, c'est d'abord un fou

On ne comprend rien à de Gaulle si on ne considère pas d'abord que c'est un fou. A quoi serviraient les gens raisonnables dans les époques folles ? Ni Jeanne d'Arc, ni Napoléon ne l'ont été. S'ils avaient été raisonnables, ils se seraient comportés comme tout le monde, ils seraient restés chez eux et ils auraient fait des enfants en attendant que ça passe. De Gaulle, donc, était un fou — un rêveur réaliste, comme dit Gary — qui s'attendait à être pendu comme le lui avait prédit une vieille sorcière en Pologne. Mme de Gaulle croyait à cette prédiction. Y pensait-il en faisant ses réussites sur la table de bridge devant laquelle il a fini par s'effondrer ? Pendant la traversée du désert, enfermé à Colombey-les-Deux-Eglises, dans un terrible huis clos, face à son épouse et au capitaine Guy, un bel officier qui l'interroge pour l'arracher au désespoir et qui prend des notes, de Gaulle enrage comme un fauve en cage. Sa « folie » a pris des proportions shakespeariennes dans cette bicoque bourgeoise ornée d'une tourelle qu'assombrit une vue déprimante sur les plaines grises de la Champagne pouilleuse. Il ressasse. Comme un joueur qui a perdu, il pense à des martingales. Tout de même, avoir conquis difficilement le pouvoir et l'avoir vu s'éloigner bêtement comme un rêve ! Et s'il ne décolère pas, c'est parce qu'il aime cette France, qu'il sait que lui seul est capable de la sortir de la gadoue où la IVe République s'enfonce. C'est l'amoureux fou séparé de la femme de sa vie qui fulmine et désespère. Soudain, sa voix s'élève au-dessus de la table de bridge : « Vous vous rendez compte, Guy, si Pétain en 42 avait rejoint Alger avec la flotte, qu'est-ce que je serais devenu ? » Pour échapper au désespoir que lui inspire la situation présente, il imagine le pire.

Et il continue de macérer dans le bocal de ses aigreurs. A quoi doit-il sa force ? Quelle légitimité a-t-il jamais eue ? Tout ne tient qu'à cela, un fil, un principe, que la France est une idée, qu'elle peut à la limite se passer de son territoire pour quelque temps et que seul son principe la fait exister. Cette image universelle dont elle a besoin, mais dont les autres aussi ont besoin.

De Gaulle sent la province, les vieilles tantes dans la dèche, le saint-honoré qu'on achète après la messe le dimanche, le militaire en gants blancs, le chignon, les dentelles, les greniers où, dans des malles, on conserve les uniformes ; il a le style convenable d'un homme élevé dans les convenances : les gens comme il faut ; c'est la petite bourgeoisie qui ne pète pas dans la soie ; elle ne connaît pas le luxe, très peu les friandises, mais elle trouve dans cette austérité une certaine satisfaction. Cela lui évite les tentations de la dilapidation, du gâchis. Son capital, pour les femmes, c'est la vertu ; pour les hommes, l'honneur. Le pire, une entorse faite à l'une ou à l'autre : sortir du droit chemin, se faire montrer du doigt. C'est aussi de la province qu'il tire cette élégance apprêtée, endimanchée, mais aussi toutes les expressions qui fleurissent dans son langage : le tracassin, avoir chat en poche.

Le catholicisme qui le baigne est de la même eau bénite. Il renforce la croyance dans des valeurs bourgeoises, mais son christianisme leur donne une issue spirituelle. Dieu, dans cette petite vie à l'horizon borné, apparaît comme une boule de feu. L'ambition n'y est pas une qualité très prisée, elle avoisine l'orgueil. C'est un catholicisme un peu janséniste, même s'il a des liens avec le catholicisme social du Sillon de Marc Sangnier.

Qu'est-ce qui, dans ce terrain humain un peu morne, a pu allumer un tel feu ? Voilà un homme élevé dans l'obéissance, le respect, la légalité républicaine, le qu'en-dira-t-on, et qui, à un moment crucial de l'Histoire, jette tout cela par-dessus bord. Ce sont les livres, sa tradition intellectuelle et morale qui ont incendié ses rêves. Son patriotisme, le nationalisme de son père et de sa mère, blessés par la perte de l'Alsace-Lorraine, il l'aiguise en lisant Barrès, Edmond Rostand, Péguy, Maurras. Ce qui reste inexplicable, c'est, dans la formation du caractère, cette disposition à se sentir capable de se soustraire aux courants, à s'opposer à ce qui va de soi, à l'ornière de la réalité. De même que ce militaire est indiscipliné, le politique n'aura que sarcasmes pour les professionnels de la politique qui, comme l'écrit Péguy, « saccagent l'idéal ». D'où vient que Pétain respecte la réalité et que de Gaulle s'en échappe ? D'où vient que, issu d'un monde confit dans le calme, la quiétude cantonale, la prudence paroissiale, tout chez lui n'est que bruit, guerre, conflit. Dans cette guerre permanente, s'ajoutent les guerres civiles, les conflits internes, les séparations brutales, comme si sa personnalité ne pouvait être en paix, ne pouvait connaître que l'état de guerre : car tant d'autres conflits personnels se superposent aux grands conflits, avec Juin, avec Soustelle, avec Bidault, avec l'amiral Muselier.

Maurras autrefois l'a séduit. Séduction réciproque puisque l'inspirateur de l'Action française se montrera lyrique, en 1940, dans un éditorial de *L'Action française* lors de sa nomination comme secrétaire d'Etat à la Guerre. Ce que de Gaulle retient chez lui, c'est le primat du politique, la religion de l'Etat sans laquelle il n'est pas d'ordre, la politique extérieure de non-alignement professée dans *Kiel et Tanger,* le refus du sentimentalisme humide hérité du romantisme, enfin sa cohérence logique impeccable : « Maurras a eu tellement raison qu'il en est devenu fou. » D'ailleurs, il lui évitera le peloton d'exécution à la Libération : « On ne peut pas faire la politique de Bainville et faire fusiller Maurras. » Et il lui gardera une sympathie affligée au-delà de ses erreurs. Cette sympathie dont il était capable à propos d'hommes qui avaient vraiment aimé la France, même s'ils ne l'avaient pas aimée de la même manière que lui. Cela est dit clairement dans une lettre qu'il adresse, après la Libération, au vieil Henry Bordeaux, très engagé auprès de Pétain : « Nous n'avons pas pensé de même au sujet des voies et des moyens à employer pendant la dernière guerre pour le salut de la France. Je tiens à vous dire cependant que, tout au long de ma vie, j'ai admiré votre magnifique talent. » Cela, il aurait pu aussi l'écrire à Maurras. Ce qui le sépare irréductiblement de l'Action française, c'est son refus d'une conception de la France amputée. Il comprend que, loin de rassembler, les idées de Maurras sont des ferments de division et d'irréalisme : monarchisme, antisémitisme, antiprotestantisme, haine de la Révolution, enfin le peu de respect pour la notion de liberté, tout cela l'éloigne.

Chez Bergson, chez Péguy, chez Barrès, il retrouve le grand souffle de la continuité et de l'unité de l'histoire de France : « Tant il est vrai que, dans la vie d'un peuple, chaque action du passé entre en compte pour l'avenir. Il n'y a qu'une histoire de France. » Il ne peut imaginer qu'on puisse en soustraire une de ses composantes. La France est la France, de Clovis à Richelieu, de Louis XIV à Valmy. Comme Barrès, il mêle dans son panthéon aussi bien Jeanne d'Arc que Danton, Napoléon que Gambetta. Ce qui lui importe, c'est de rassembler les familles spirituelles, non de les opposer ni de les hiérarchiser, même si, pour lui, l'élément chrétien est fondateur — « Notre Dame la France » —, mais aussi ce qu'il contient : « l'Evangile de la liberté ». « Il y a un pacte vingt fois séculaire entre la grandeur de la France et la liberté du monde. »

De Barrès, il a retenu le culte des grands hommes, des « professeurs d'énergie » et des « excitateurs de l'âme », et aussi l'idée d'une éternité nationale. Le séduit dans le personnage une sorte de romantisme désabusé, « cette espèce de déchirement de l'âme, si l'on veut, ce désespoir qui m'ont toujours entraîné chez Barrès, qu'il a habillés d'une splendide désinvolture ».

De Péguy, lui vient le message chrétien de la liberté : « C'est justement parce que, étant internationaliste, nous sommes encore français, parce que, dans l'internation, nous sommes vraiment la nation française... c'est parce que nous sommes bien français que les massacres coloniaux commis par de mauvais Français nous donnent comme un remords personnel. » Et cette autre pensée forte de Péguy : « L'ordre, et l'ordre seul, fait en définitive la liberté. Le désordre fait la servitude. »

Ainsi, le fils de petits-bourgeois de Lille devient l'homme de toutes les ruptures. Mais des ruptures apparentes. Car personne n'est plus solidaire que lui de la tradition culturelle, qui est la charpente invisible de la France. Il s'attache à des principes, tandis que les autres les abandonnent. Pétain avait bradé le sacro-saint principe de la liberté, et de l'unité de l'histoire nationale. Il les rappelle. En donnant l'indépendance à l'Algérie, il renoue avec le droit des peuples à disposer d'eux-mêmes. La grandeur de De Gaulle se forge dans cet attachement à des principes qui le dépassent.

Pour ces raisons Bernanos, dès le début, en 1940, le compare à Jeanne d'Arc. L'auteur des *Grands Cimetières sous la lune*, que Mauriac appelle « le préposé au dégoût », est peut-être l'écrivain le plus proche de De Gaulle dans ses conceptions. Mais, après la guerre, ils se séparent. Bernanos, fou de solitude et de désespoir, se met à délirer contre ceux qui ont confisqué l'idéal de la Libération au profit de leur intérêt. Devant l'abaissement général, il en vient à trouver de Gaulle trop peu offensif et, en 1948, il rédige six messages imaginaires intitulés *De Gaulle vous parle,* dans lesquels il vocifère : « On ne sacrifie pas les dernières forces nerveuses d'un grand peuple à sa graisse. Les eunuques aussi sont gras. »

D'où vient que de Gaulle, l'homme qui a vécu au milieu de toutes les discordes, parvient à la fin des fins à faire l'unanimité chez les écrivains — en dehors de quelques irréductibles comme Jacques Laurent, Blondin, Nimier, Morand, Sartre qui ont une querelle personnelle avec lui, tous, Bernanos, Mauriac, Claudel, Montherlant, Valéry, Gide, Malraux, Gary, perçoivent en lui l'homme qui a sauvé les principes. Il y a une sorte de passage de témoin qui s'opère : car ces écrivains, ils sont nés de Barrès, de Péguy, de Michelet, qui eux-mêmes s'étaient nourris d'Hugo, de Chateaubriand, de Voltaire. Ainsi, se produit autour de De Gaulle, grâce à sa personnalité hautement littéraire, pétrie de littérature, une sorte de communion posthume. Il est rejoint par la France de toujours, cette cathédrale construite avec les Français, mais imaginée par les écrivains et les poètes.

Un jour que Claude Mauriac lui disait son dégoût de la politique, de Gaulle s'était levé et, prenant le livre d'André Rousseaux sur Péguy, lui avait lu cette citation : « Les politiques se rattrapent, croient se rattraper en disant qu'au moins, ils sont pratiques et que nous, nous ne le sommes pas. Ici même, ils se trompent. Et ils trompent. Nous ne leur accordons même pas cela. Ce sont les mystiques qui sont même pratiques et ce sont les politiques qui ne le sont pas. C'est nous qui sommes pratiques, qui faisons quelque chose, et c'est eux qui ne le sont pas, qui ne font rien. C'est nous qui amassons et c'est eux qui pillent. C'est nous qui bâtissons, c'est nous qui fondons, c'est eux qui démolissent. C'est nous qui nourrissons et c'est eux qui parasitent. C'est nous qui faisons les œuvres et les hommes, les peuples et les races. Et c'est eux qui les ruinent. » Et de Gaulle regarde Claude Mauriac, l'œil brillant et comme victorieux. Celui-ci lui rappelle que, selon Péguy même, toute mystique dégénère obligatoirement en politique : « Je n'ai jamais fait de politique », répond De Gaulle avec orgueil. Mais il ajoute : « Il est vrai que j'ai dû quitter le pouvoir afin précisément de continuer à n'en point faire. »

Je me souviens de De Gaulle en 1967 au Trianon

à Versailles. Il s'avançait dans la foule qui s'ouvrait devant lui comme la mer Rouge devant Moïse. Il ressemblait à un vieil éléphant dont les paupières auraient été peintes en bleu, blanc, rouge. Il marchait à l'aveugle, piloté par son officier d'ordonnance, s'arrêtait devant ceux qu'on lui présentait, leur disait quelques mots et poursuivait sa marche avec une sorte de lassitude grandiose. Soudain, son regard se posa sur moi. J'étais tétanisé, figé par la timidité. Il fit un pas dans ma direction comme s'il voulait me parler. Quelqu'un le tira par la manche et il fut emporté par la foule.

Jeanne d'Arc : l'épopée des voix

Jeanne d'Arc a pour moi un parfum de vieille terre natale et d'air marin. Je m'explique : elle a fait halte et dormi le 22 juillet 1429 dans le village fortifié de Vailly-sur-Aisne, berceau de ma famille, près du Chemin des Dames et de Villers-Cotterêts. Après le sacre de Reims, elle accompagnait le roi dans ce village, accueilli par le seigneur du lieu, Renaud de Chartres, archevêque de Reims et chancelier du royaume. Les échevins de Soissons et de Braine vinrent leur apporter les clés de leur ville en signe de soumission. Un logement leur fut préparé dans la maison du Coin-Thierry, près de la tour du beffroi. J'imagine ce que devaient être alors mes aïeux en ce début du XVe siècle, eux qui, en 1750, se hisseraient dans ce village jusqu'à la charge de notaire. Sans doute des paysans, comme Jeanne d'Arc. La présence de cette héroïne et du roi dans ce village a fait date. La grande héroïne était là, belle, pure, idéale. Pour cette raison et pour bien d'autres, il était malvenu dans ma famille de dire du mal de Jeanne d'Arc.

Et puis, je l'ai vu à Noirmoutier à bicyclette. Non pas elle, mais Robert Bresson, le cinéaste, qui habitait un moulin à La Guérinière et qui passait dans les marais, silencieux, croisant mon père à son chevalet, immobile au milieu des libellules. Bresson est l'un des hommes les plus imprégnés d'esprit qu'il m'ait été donné d'approcher. Il préparait son film sur le procès de Jeanne d'Arc qu'il a d'ailleurs tourné dans le château de Noirmoutier avec ces Vendéens, descendants des chouans, qui, eux aussi, avaient gardé Jeanne d'Arc dans le cœur.

Jeanne d'Arc a toujours souffert : de son impuissance, de la grâce, de la gloire, de l'injustice. Elle souffre encore aujourd'hui. Elle est de ces êtres voués à la souffrance, aux malentendus, à l'humiliation pour que le Christ reste présent. Mais qu'importe, la croix de Lorraine est là qui l'exempte, la glorifie malgré les sots.

C'est le plus beau mythe de l'histoire de France. Malraux l'a écrit : « La seule image de gloire qui soit aussi une image de pitié. » Je ne dirais pas que c'est à elle qu'il doit de s'être engagé dans les Brigades internationales, mais certainement c'est à elle qu'il pensait en créant la brigade Alsace-Lorraine.

Et Bernanos ! Lui aussi l'avait dans le cœur. C'est la première héroïne qui lui vient sous la plume lorsqu'il se jette à la tête de De Gaulle en août 1940. Il comprend qu'ils sont de la même essence : « Elle était seule devant eux les mains nues. Et ils avaient la force, la science, le prestige du Ministère sacré. Ils parlaient au nom du bon sens, de la raison, de la foi, de Dieu même. La seule chose qu'ils ne pouvaient faire, c'est de parler au nom de l'honneur. Ils avaient tout, mais elle gardait l'honneur. L'honneur de la France était dans ses mains nues, innocentes. Il y est encore aujourd'hui. »

Jeanne d'Arc est un mythe. Pour les Français, mais aussi pour les Allemands et même pour les Anglais qui ont finalement beaucoup fait pour sa gloire. Pour George Bernard Shaw, dans sa pièce elle préfigure le protestantisme.

Le mythe de Jeanne d'Arc est construit avec des mots, des voix. Voix extérieures, voix intérieures l'enserrent dans une parenthèse surnaturelle. Ce ne sont pas tant les voix qu'elle a reçues qui sont magnifiques, mais les paroles dignes de Pascal qui sortent de sa bouche. C'est une épopée à cheval, avec une armure blanche, l'étendard blanc fleurdelisé, mais c'est aussi une épopée en mots qui flamboient.

C'est d'abord la voix de saint Michel qu'elle entend à Domrémy : « Jeanne, va au secours du roi de France et tu lui rendras son royaume. » Et cette voix dit « la pitié qui est au royaume de France ».

Ce sont les mots qu'elle prononce à Vaucouleurs devant Baudricourt en février 1429 : « Avant qu'il ne soit la mi-carême, il faut que je sois devers le roi, dussé-je, pour m'y rendre, user mes jambes jusqu'aux genoux. »

Ce sont, à Poitiers, les paroles d'exhortation

qu'elle lance sans se troubler, au roi qu'elle a distingué dans une assemblée de trois cents chevaliers : « Gentil Dauphin. J'ai nom Jehanne la Pucelle. Le Roi des cieux vous mande par moi que vous serez sacré et couronné en la ville de Reims ; et vous serez lieutenant du Roi des cieux qui est roi de France. » Le roi la prend à part, elle lui répète : « Je te le dis de la part de Messire que tu es vrai héritier de France et fils du roi. »

C'est sa réponse au dominicain qui tente de soulever une contradiction en disant que Dieu n'a pas besoin de gendarmes pour délivrer la France : « Ah, mon Dieu, les gens d'armes batailleront et Dieu donnera la victoire. »

C'est la prédiction devant les remparts d'Orléans : « Dès que l'étendard touchera le mur, vous pourrez entrer. » Et dès qu'il le touche : « Eh bien, entrez, tout est à vous. »

A Reims, après le sacre du roi, elle s'exclame : « J'ai fait ce que Notre-Seigneur m'avait commandé de faire. »

Devant ses juges, elle ne se trouble pas. A l'évêque Cauchon qui lui demande : « Croyez-vous être en état de grâce ? » « Si je n'y suis, Dieu veuille m'y mettre. Si j'y suis, Dieu veuille m'y tenir. »

Elle garde l'espérance : « Les saintes me disent que je serai délivrée à grandes victoires. Prends tout en gré ; ne te soucie de ton martyre ; tu en viendras enfin au royaume de Paradis. »

Quand ses juges veulent la mettre en porte-à-faux avec l'Eglise en lui demandant si ses voix la défendent de se soumettre au clergé, elle répond : « Elles ne le défendent point, Notre-Seigneur étant premier servi. »

Des plaintes lui échappent : « Oh, Rouen, Rouen, dois-je donc mourir ici. Oh, Rouen, tu seras donc ma dernière demeure. »

Et sur le bûcher, alors que les flammes montent vers elle : « Oui, mes voix étaient de Dieu, mes voix ne m'ont pas trompée. »

Enfin, les témoins l'entendent au milieu du feu évoquer saint Michel avant de pousser un cri : « Jésus. »

Jeanne n'entend pas seulement les voix. Tous ceux qui l'entourent sont inspirés. Dans le bien comme dans le mal. Dans la trahison de Jean de Ligny qui la vend aux Anglais et qui fait peindre sur ses armes un chameau accablé sous le faix, avec cette devise la moins française qui soit : « Nul n'est tenu à l'impossible. »

La phrase du grand maître de l'Université, maître Nicolas Midy : « Jeanne, allez en paix. L'Eglise ne peut plus te défendre. »

Et ce secrétaire du roi d'Angleterre qui assiste au supplice et qui s'écrie : « Nous sommes perdus. Nous avons brûlé une sainte. »

Ces paroles, ces mots nous rendent la tragédie à nu. Cette tragédie qui exprime tout le Moyen Age, « énorme et délicat », cet âge guidé par la folie unique de la croix. Les témoins nous en rendent la chair : ils nous disent tout sur elle. Que cette jeune fille pucelle, examinée et certifiée, n'avait jamais connu la « misère » commune des femmes ; que les gardes qui couchaient dans son cachot l'observaient quand elle revêtait ses habits : qu'un milord tenta même de la violer et que, ne pouvant parvenir à ses fins, il se contenta de la battre ; qu'enfin les Anglais souhaitaient que, sur son bûcher, la foule vît son corps totalement nu, déshabillé par les flammes, afin d'ôter par un spectacle trop charnel ce qu'elle pouvait représenter de sainteté.

Rien ne lui fut épargné, comme si, malgré eux, tous les protagonistes avaient conspiré pour qu'en tout, sa mort ressemblât à une nouvelle version de la Passion du Christ.

Ce procès inique qui lui est fait est indispensable. Il faut l'humiliation, le martyre, pour authentifier dans le sang sa mission. On comprend qu'elle soit devenue l'image de la France, car c'est l'une des rares héroïnes à laquelle le peuple a pu s'identifier. La vérité de la France n'était plus dans ses guides, dans ses rois, dans son aristocratie, mais dans une fille du peuple.

Tout est donc réuni dans cette vie pour qu'elle soit exemplaire, pour que chacun de ses épisodes parle au cœur : la petite bergère qui entend des voix et se fait gronder par son père ; sa candeur, sa pudeur. Là où elle est la plus proche, c'est au cours du procès ; lorsque ses juges veulent la mettre en contradiction avec elle-même ; quand ils abusent de leur savoir en face de son innocence et qu'elle les domine : elle devient la victime de tous les temps et de tous les pays. La faiblesse contre la force. Le vrai droit, celui du cœur, contre le droit indispensable mais inhumain, celui de la société.

Quand Michelet prend possession de ce thème de Jeanne, sa femme vient de mourir. Elle ressuscite en Jeanne et, surtout, elle annonce dix ans plus tard sa passion pour la jeune Athénaïs Mialaret. Jeanne est un trait d'union entre les deux femmes. Son fantôme va habiter son veuvage. Car rien n'est plus sensuel que la manière dont Michelet évoque son héroïne : il l'aime dans sa simplicité, dans sa pauvreté. Il retrouvera cette même naïveté outragée quand il évoquera les sorcières.

Quand Michelet rencontrera Athénaïs Mialaret, sans doute aura-t-il le sentiment de redécouvrir une Jeanne sensuelle dont il parcourait le corps de ses mains après l'avoir parcouru de ses rêves.

Et que dire de ce quinquagénaire usé par la guerre, diplomate lassé, écrivain insatisfait, vieux guerrier toujours en guerre avec la vie ! Quand il rencontre à Los Angeles une toute jeune fille qui vient de jouer Jeanne d'Arc dans un film d'Otto Preminger et qui en a encore les cheveux ras, oui, que pense-t-il alors, Gary, l'homme de la France libre, de la croix de Lorraine, lorsqu'il voit apparaître Jean Seberg ?

du crime contre [illegible] indispensable que [illegible]
[illegible] celui de la [illegible].

Quant [illegible] de ce [illegible]

[illegible]

[illegible] dans [illegible]

[illegible]

Mon Français préféré est un juif apatride né à Wilno

Mon Français préféré est juif apatride né à Wilno. Je ne le dis pas par provocation. Je ne veux pas signifier par là qu'il est plus français que La Fontaine, Voltaire ou Flaubert. Ils le sont tout autant que lui. Mais sa nationalité à lui n'est pas le fait d'un héritage, il l'a conquise. Il l'a voulue. Il s'y est converti. Et c'est vrai, les valeurs de la France, ses principes, il y a peu d'hommes qui les incarnent aussi bien, au sens où je les entends, que Romain Gary.

Comme il est pathétique, exagéré, le Gary qui a revêtu son uniforme étriqué de Français libre, pour les obsèques du général de Gaulle ! Et pourtant, personne n'est plus sincère que lui en cet instant. Cette fidélité à de Gaulle, c'est une fidélité à « l'homme qui fut la France », telle qu'il l'aime. Or, la famille spirituelle à laquelle appartient Gary, relève plutôt de celle des saltimbanques, des danseurs de corde, des tziganes. Il a eu beau porter la livrée du corps diplomatique, il reste un marginal. Lui aussi a compris que de Gaulle était un fou et que ceux qui l'avaient rejoint étaient tous aussi brindezingues. Il n'y a que les fous qui ont rejoint de Gaulle. Les raisonnables, comme Morand, rentraient en France. Il fallait un grain de folie pour emporter l'idée de la France à Londres, afin de la rendre, pure, sans souillure, à la Libération. Ça a un petit côté conte oriental, cette princesse qu'on enlève pour son bien et qu'on rend intacte.

Gary a épousé la France pour le meilleur et pour le pire. Mais il sait que le meilleur est irremplaçable alors que le pire, tous les pays au monde l'ont en partage. Sauf la Suisse peut-être ? Mais c'est un pays qui pêche à la ligne à côté de l'Histoire ; un pays abstentionniste qui préfère ne pas se mêler de ce qui ne le regarde pas. Le contraire de la France.

L'itinéraire de Gary est moins celui d'un juif russe converti à un catholicisme agnostique que converti à la religion de la France. Gary trouve dans l'idée de la France un idéal qui élargit sa judéité, considérée comme une appartenance secondaire par rapport à son appartenance à l'humanité. D'où parfois sa sévérité à l'égard des juifs quand ils cèdent au communautarisme ou au nationalisme. De Gaulle, « catholique par l'histoire et par la géographie », n'est pas plus enfermé que Gary dans le respect de l'Eglise. Il n'hésite pas à la morigéner. L'un et l'autre restent libres, même vis-à-vis de leurs appartenances les plus intimes. D'où, peut-être, cette lettre du

Général à Gary à propos de *La Danse de Gengis Cohn* : « Vous nous prenez et nous secouez. Ah, vous ne nous ménagez pas qui que nous soyons qui vous lisons, même pas les juifs longuement dispersés et persécutés puis odieusement massacrés et en qui peut-être pousse maintenant l'impérialisme. Mais, pour un livre comme celui-là, vous non plus ne serez pas épargné. Je ne pense pas que cela vous gêne. »

Gary, comme Stefan Zweig, comme Hannah Arendt, s'efforce de s'élever au-dessus de sa condition de juif, de Russe apatride, pour atteindre ce ciel où l'on ne pense plus selon ses intérêts, ses liens de famille ou de sang, mais sous l'éclairage de l'homme toujours blessé, humilié, partout dans les chaînes. C'est pourquoi il trouve dans la France, dans ses principes, non dans sa politique forcément abâtardie et aléatoire, un instrument de libération, un chemin de la liberté.

Est-ce pour coller plus étroitement encore à elle, à ses valeurs, à son passé qu'il est devenu catholique, catholique athée ? « Je suis catholique techniquement. Aux yeux de ma mère, cela faisait partie de la France, des papiers d'identité français. Bien qu'elle ne l'eût pas exprimé ainsi, c'était un baptême culturel. Je suis catholique non croyant, mais j'ai et j'ai toujours eu un grand faible pour Jésus. Pour la première fois dans l'histoire de l'Occident, une lumière de féminité venait éclairer le monde. Le christianisme c'est la féminité, la pitié, la douceur, le pardon, la tolérance, la maternité, le respect des faibles, Jésus c'est la faiblesse[1]. »

De Wilno à Nice, il est passé du pays des pogroms au pays de la tolérance, mais certainement dans ce détachement du pays réel pour le pays imaginaire, il a franchi un pas de plus en rejoignant Londres. Il s'est convaincu de ce qu'il savait déjà : un pays, c'est l'idéal d'un pays.

Avec de Gaulle, les relations n'ont pas toujours été faciles. De Gaulle avait trop d'ennemis pour s'encombrer encore des rouspéteurs que, pourtant, il aimait. Dans les discussions à Londres, ils s'engueulaient et le Général finissait souvent par le mettre à la porte : « J'ai eu à son égard une admiration sans bornes, mais continuellement irritée. De Gaulle, c'était pour moi la faiblesse qui dit “non” à la force, c'était l'homme tout seul dans sa faiblesse absolue, à Londres, disant “non” aux plus grandes puissances du monde, “non” à l'écrasement, “non” à la capitulation. C'était pour moi la condition même de l'homme. Ce refus de capituler, c'est à peu près la seule dignité à laquelle nous pouvons prétendre. »

Ce qu'il aime par-dessus tout chez de Gaulle, c'est qu'il incarne non la France des réalités, des intérêts, des pantoufles, mais la France mythologique, une France irréelle construite avec des espérances et des rêves. Il aime de Gaulle « comme une création artistique prodigieuse », comme une œuvre d'art, ce qu'il chérit le plus au monde : « Je ne crois pas qu'il y

1. *La nuit sera calme.*

ait une éthique digne de l'homme qui soit autre chose qu'une esthétique assumée de la vie jusqu'au sacrifice de la vie même. » Gary rejoint là Drieu, comme il le rejoindra dans le suicide.

J'ai lu Gary tard. Trop tard pour lui parler alors que je le rencontrais souvent, avec son grand chapeau, au coin de la rue de Babylone et du boulevard Raspail où il achetait son journal dans un kiosque, levant ses yeux clairs vers je ne sais quelle apparition dans le ciel. Je n'osais l'aborder : ne pas avoir ouvert ses livres est un médiocre prétexte pour engager une conversation avec un écrivain. Je n'ai commencé à le lire qu'après avoir assisté à ses obsèques aux Invalides.

J'ai lu plus tard encore *Les Cerfs-volants,* son dernier roman sous son nom, celui qui, à mon avis, parle de la France de la manière la plus anticonformiste, la plus Gary.

Ce qu'il y a de terrible, d'insoutenable même, dans ce livre, sous cet humour acide qu'est l'humour juif, c'est l'envie qu'on a de rire et de pleurer. Gary nous emmène dans une fable merveilleuse qui nous avait échappé : il introduit la fantaisie dans les années noires. Sous la plume de ce magicien, ce n'est pas l'Histoire avec son cortège d'horreurs qui gagne, mais la poésie. Et, spirituellement, c'est moins le pardon que la pitié qui l'emporte. La pitié pour ces hommes, tous ces hommes, vainqueurs ou vaincus, français ou allemands, résistants ou collabos, qui, quand ils font le mal, ne savent pas ce qu'ils font.

Ils ont seulement obéi à un obscur désir venu de la nuit.

Gary, l'homme qui bombardait les villes allemandes, en protégeant sa virilité avec son casque, a abandonné tout esprit de querelle. Il s'élève dans d'autres sphères : « Il y a longtemps que toute trace de haine pour les Allemands m'a quitté. Et si le nazisme n'était pas une monstruosité inhumaine ? S'il était humain ? S'il était un aveu, une vérité cachée, refoulée, camouflée, niée, tapie au fond de nous-mêmes, qui finit par resurgir ? Les Allemands, bien sûr, oui, les Allemands... c'est leur tour dans l'histoire, et voilà tout. On verra bien après la guerre, une fois l'Allemagne vaincue et le nazisme enfui, enfoui, si d'autres peuples en Europe, en Asie, en Afrique, en Amérique, ne viendront pas prendre la relève. »

Gary s'acharne à sauver l'humanité du désespoir. Et aussi la France dont il ne peut imaginer qu'elle ne puisse exister toujours belle, idéale. La théorie du bouc émissaire lui est odieuse. Il faut racheter le monde par la beauté : beauté du geste, de l'innocence, du sacrifice, de l'idéal. Ceux qui s'y emploient, c'est de Gaulle dans la vie réelle et, dans l'imaginaire, Morel, le héros des *Racines du ciel* qui défend les éléphants de l'anéantissement, ou Fleury, celui des *Cerfs-volants* qui, en pleine guerre, ne pense qu'à envoyer dans le ciel ses machines volantes et qui est toujours « à la poursuite du bleu ».

Quant à la femme, d'avance il lui pardonne tout. Elle est la première victime puisqu'elle est la plus faible : d'avoir couché avec des Allemands, la belle affaire ! « La culpabilité du cul, c'est presque la sainteté, comparée au reste. » De toute façon, la beauté intérieure de la femme ne peut être atteinte par la laideur du monde. Elle ne peut trahir cette part d'innocence qui la protège quoi qu'elle fasse : « On ne va pas en parler. C'est comme pour la France, tiens. Après la guerre, on va dire elle était avec ceux-ci, elle était avec ceux-là. Elle a fait ceci, non, elle a fait cela. C'est du vent. Tu n'étais pas avec eux, Lila, tu étais avec moi. »

Et le livre s'achève sur deux noms : ceux du pasteur André Trocmé, qui a sauvé des enfants juifs, et de son village, Le Chambon-sur-Lignon. Pour Gary qui ne croit en rien sauf à la France, voilà un geste qui rachète le monde.

En 1968, Gary se rend à la grande manifestation des Champs-Elysées. Il s'imagine que de Gaulle est perdu. Devant la foule immense rassemblée, il s'en va. Il n'aime pas le succès. Il n'aime pas la force. Il n'aime pas le nombre. Il croit que la vérité est détenue par les fous, comme de Gaulle à Londres, par les marginaux, les artistes, le petit nombre, les faibles, les vaincus, les malheureux.

Cette jeune fille perdue qui ressemblait à Jeanne d'Arc, il l'a aimée parce qu'elle était jeune et belle, mais plus belle encore de cette beauté des faibles, de cette beauté fragile de ceux qui s'égarent, qui couchent à droite et à gauche pour retrouver leur chemin dans la nuit. A travers elle, à travers la pitié qu'il éprouve pour son destin de femme égarée, il communie avec ce qu'il y a de plus universel : la souffrance. Une souffrance qui ne laisse jamais en paix ce catholique de l'autre rive qui s'exclame de la manière la plus chrétienne qui soit : « j'ai mal chez les autres ».

La France qui torture est-elle la France ?

J'étais à Versailles, invité par mon ami Eric Roussel à faire une conférence sur un sujet sans épines, sans barbelés : l'impressionnisme. Quand je pénétrai en fin de journée dans la vaste salle, près du château, je sentis tout de suite une atmosphère étrange. Ces conférences sont suivies par des abonnés. Dès que je montai sur l'estrade, mon impression s'amplifia devant les rangs clairsemés et la gêne des organisateurs. Dès que je prononçai les premières paroles, un à un, les invités se levèrent et quittèrent la salle, non sans m'avoir toisé avec un regard plein de dédain afin que je ne me méprisse pas sur le sens de leur départ. Ces hommes qui désertaient ma conférence avaient beau être en civil, leur physique raide, leur nuque rasée trahissaient le militaire. Ils n'avaient plus cette face un peu rouge de pomme reinette, celle de leur jeunesse, lorsqu'ils assistaient aux obsèques du commandant Forget. La mauvaise nourriture du mess, le *rata*, le *singe*, pour d'autres un séjour forcé au fort de l'île de Ré après le putsch d'Alger avaient détraqué leur estomac et rendu leur teint cireux, un peu jaune. Au bout d'une dizaine de minutes, nous étions plus nombreux sur l'estrade que dans la salle. Je n'en poursuivis pas moins mon exposé. Quel crime avais-je donc commis pour essuyer cette manifestation de désapprobation ? Pourquoi ces militaires, ce jour-là, me considéraient-ils comme un traître, un ennemi ? Une sorte de Boudarel qui se serait glissé dans les colonnes du *Figaro* ?

Quelques jours plus tôt, j'avais écrit deux articles dans lesquels je jugeais sévèrement les propos du général Aussaresses qui, non seulement revendiquait les tortures en Algérie, mais les justifiait. Je considérais ce propos indigne d'un général. Quelle que fût sa conduite, les méthodes qu'il avait employées — personne n'est obligé d'être un saint comme le général de Bollardière —, leur revendication me paraissait indigne. Je l'écrivis de manière très nette.

Je reçus à cette occasion de la part des lecteurs du *Figaro* un bon nombre de lettres qui ne se contentaient pas de me traîner dans la boue : elles m'injuriaient, me traitaient de « traître », de « vendu au FLN », de partisan de l'anti-France. Quelques-unes seulement soutenaient ma position. Le journal *L'Humanité* publiait le lendemain in extenso l'un de mes articles. Même si j'y étais sensible, je ne peux pas dire que cette publication m'a été d'un grand secours auprès des lecteurs du *Figaro* qui avaient gardé mes articles en travers de la gorge. Certains m'adressaient même des photos de civils et de soldats mutilés. Pensaient-ils que j'ignorais les méthodes du FLN ? Non. Ils voulaient simplement me jeter ces horreurs à la figure. Ce qui ressortait de ces lettres, c'est que je n'aimais pas mon pays puisque je prenais le parti de ceux qui l'attaquaient, notamment les communistes.

Cette réaction me peina. Comment pouvait-on croire que je ne pusse comprendre la douleur de ceux qui ont connu les massacres d'Algérie ? Mais ces horreurs-là justifiaient-elles les autres horreurs commises en représailles par l'armée française ?

Une photo publiée dans *L'Express* me poursuit encore. C'est une photo banale, d'amateur. On y voit deux jeunes soldats, des appelés, qui entourent une jeune fille berbère. Elle est nue. Les garçons sourient. La jeune fille a une expression apeurée. C'est l'horreur tranquille. Je pense qu'en se faisant prendre en photo, les soldats n'ont même pas pensé à mal. Un souvenir du bon vieux temps où l'on pouvait mettre une fille à poil sans se faire engueuler. Et puis ensuite la secouer un peu, la violer et, qui sait ? la tuer. Parce qu'après un viol, une femme, ça n'a plus beaucoup d'intérêt. Sa présence rappelle quelque chose de pas très beau qu'on croit voir en elle, mais qui, en réalité, est en soi.

Tuée ou pas tuée, cette photo de jeune fille me ravageait. Car ce qu'elle évoquait, c'était la banalité de ce mal qui consiste à humilier le faible, l'innocent. Qu'elle eût été commise par des Français m'était insupportable.

Cette question de la torture, je ne veux pas jouer facilement les belles âmes en dénonçant ceux qui l'ont employée. Il me semblait qu'on pouvait du moins stigmatiser ceux qui la justifient. Et les militaires se sont offusqués. Là, je dois dire que, s'ils ne me comprennent pas, je ne les comprends pas non plus. Ça va nous ramener à l'affaire Dreyfus et à l'équation de Péguy : la France, c'est l'honneur, si elle perd son honneur, elle n'est plus la France. On ne fait pas la guerre en gants blancs avec des scrupules d'intellectuel, me rétorqueront-ils. Sans doute, mais c'est ainsi qu'on abîme l'image de la France, comme on l'a abîmée en Indochine, en Algérie, à Madagascar, et pourquoi ? Prétendument pour servir la France. Est-ce qu'on la sert à la fin des fins par la torture ?

J'ai relu Mauriac en écrivant ces articles, et le livre courageux de Pierre-Henri Simon. Ce qu'ils ont écrit alors a scandalisé les militaires. Ces militaires, ils se souvenaient de leur héroïsme, de leurs sacrifices, des amis tués et mutilés, de leurs humiliations, de cette sale guerre sans gloire au cours de laquelle, encore une fois, le pouvoir civil les avait lâchés. Je ne leur marchande pas le triste honneur qu'il y a parfois à faire une guerre qu'on sait sans gloire. Mais il y a la photo de cette jeune fille berbère, comme une tache. Si cela n'a pas d'importance pour eux, tant pis ! Nous aimerons la France chacun à notre manière.

Mourir pour un mot

On peut mourir pour un mot. Pas seulement les duellistes : ils s'estropiaient, se tuaient pour un mot malheureux qu'ils avaient pris de travers. Ils croyaient leur honneur en jeu. Et c'était le petit matin avec les témoins, les pistolets chargés ou les épées et, au bout : la mort. La mort pour un mot ! Ça laisse rêveur. Richelieu, qui a tant fait pour eux — il leur a évité de partir dans tous les sens, il a endigué leur propension à l'anarchie, au désordre, à l'impolitesse, à l'incivilité —, a aussi interdit le duel qui leur conférait un caractère dangereux. Peut-être a-t-il voulu ainsi les rendre inoffensifs, comme les écrivains qu'il a enrôlés dans son Académie ? Un mot pour lequel on ne risque plus de mourir a moins de force. Il est désarmé, désamorcé.

Des écrivains sont morts pour des mots. Parce que les mots les avaient quittés. Parce qu'ils ne les trouvaient plus. Ils voulaient écrire mais les mots les fuyaient. J'ai connu ce ravage. Pendant de longues années — Maxime Du Camp reproche à Flaubert d'écrire « une heure sonna lentement », mais Flaubert a raison, une heure peut sonner lentement, comme les années peuvent être longues ou courtes —, j'ai connu ce supplice de ne pas trouver mes mots. Je n'arrivais pas à écrire. Je suçais mon crayon devant une feuille obstinément blanche. Je voulais écrire, mais je n'avais rien à dire. Cette contradiction m'a rongé au point que, parfois, j'ai songé à mourir. Oui, comme un duelliste. Mais mon adversaire, c'était moi. Finalement, à force de mettre des cierges à l'église de la Madeleine, devant la statue de sainte Rita, la patronne des causes désespérées, j'ai écrit et je ne suis pas mort. Au contraire, les mots m'ont aidé à vivre. Et c'est même devenu la seule vie qui m'intéresse. Ce que je ne peux pas mettre en mots m'ennuie. L'amour même m'ennuierait si les mots n'y avaient pas une telle importance : ce sont eux qui font frémir la peau, excitent l'imagination, donnent du relief à un être ; ce qu'on demande au corps, c'est de tenir la promesse des mots, des rêves qui les portent.

Pourtant, ils ne m'intéressaient pas pour eux-mêmes, mais pour les voyages qu'ils me permettaient de faire. Les mots font naître à soi-même. On devient amoureux en écrivant une lettre d'amour. On devient triste en rédigeant une lettre de condoléances. On se suicide parce qu'on a écrit une lettre d'adieu. On saisit enfin avec des instruments un sentiment qui, en soi, était obscur et le serait demeuré. On le met au jour. C'est ce qu'on appelle penser un crayon à la main. Valéry le dit de manière plus subtile : « Un écrivain véritable ne trouve pas ses mots. Alors, il les cherche. Et il trouve mieux. »

Que serais-je devenu sans les mots ? Je n'ose l'imaginer. Je me souviens avec horreur de cette époque, entre vingt et trente ans, où, après un manuscrit refusé, il me semblait que je n'existais pas. J'étais dans les limbes. Comme j'étais loin alors de penser aux prix littéraires. Je me serais contenté de peu : voir mon livre publié parce que, tant qu'un livre n'a pas été accepté par un éditeur, il n'existe qu'à moitié. Claudel compare la publication à l'amour physique par rapport à l'amour platonique. Un livre publié cesse d'être une chimère. Il existe. Et, pour comble de malheur, je ne parlais pas. La timidité me paralysait. J'étais un jeune homme privé de mots.

Je ne sais si j'aime les mots et si j'aime les phrases pour leur beauté ou parce que je trouve beau ce qui m'aide à vivre, à déchiffrer le monde, à l'éclairer. J'aime sentir cette vibration grave qui me donne la sensation d'approcher d'un mystère, de cette énigme qu'est la vie. Je frémis devant cette phrase de Valéry, septuagénaire, dans une lettre à cette jeune fille, Jean Voilier : « Tu étais entre la mort et moi, mais, hélas, il paraît que j'étais entre la vie et toi. » Ou quand Chateaubriand évoque « la mémoire de ces jours de séduction, d'enchantement et de délire ». Ou Napoléon : « Je fais mes plans de bataille avec les rêves de mes soldats endormis. » Et cette autre de De Gaulle : « Nous allons, même quand nous mourrons, vers la Vie », ou de Romain Gary : « Avec l'amour d'une mère, la vie vous fait à l'aube une promesse qu'elle ne tient jamais. »

Ce sont les mots que j'appelais à mon secours quand, dans ma chambre de bonne du boulevard Montparnasse, face au Sacré-Cœur dans le lointain, la vie me semblait hostile. De tous côtés, elle s'opposait à mes rêves. J'étais seul, abandonné, comme tous ceux qui ont des ambitions au-dessus de leurs moyens. Cette solitude parfois, par miracle, se peuplait. J'ouvrais un livre : une voix s'élevait, puis une autre, une autre encore. Des hommes, des génies que je n'aurais jamais osé fréquenter, apparaissaient. Ils me prêtaient leurs mots, ceux dont je ne disposais pas. Comme il était facile de leur parler. Souvent, j'étais d'accord avec eux. Ils me donnaient raison. Ils étaient plus proches que mes camarades de classe, que mes amis mêmes. Ils m'apportaient cette espérance : quand on désire aller vers la grandeur, on devient grand malgré tout, même si on a le monde contre soi. Quand je dis grand, je veux dire apte à communier avec cette grandeur, cet infini qu'il y a dans les grandes œuvres, chez les hommes d'exception.

J'aime, dans la langue française, sa mélodie sensuelle, claire comme un rayon de lune. Cette clarté, dans un ton à la fois triste et gai, doux et amer, je la retrouve dans les chansons populaires : « Les belles auront la folie en tête. » « Dans le mitan du lit, la rivière est profonde, tous les chevaux du roi pourraient y boire ensemble. » « Et nous y dormirions jusqu'à la fin du monde. » « Le roi a fait battre tambour pour voir toutes ces dames et la première qu'il a vue lui a ravi son âme. » « Adieu, ma mie, adieu, mon cœur, adieu, mon espérance, puisqu'il nous faut servir le roi, séparons-nous d'ensemble. »

Ce qui m'enchante aussi dans cette langue, c'est qu'elle puisse rester pudique dans la sensualité. Elle ignore la vulgarité, la lourdeur. On ne sait si elle a donné des ailes à l'amour ou si l'amour l'a créée si légère afin d'en faire son messager. Mais cette langue de l'amour qu'illustrent Marivaux, Musset, Apollinaire, subitement, elle est capable de devenir aussi la langue de la liberté. Comme l'amour, elle comprend, comme l'amour, elle cherche un idéal à travers un corps. Cela devient alors la langue de Montaigne, de Voltaire, de Montesquieu, d'Hugo, de Zola.

Sans les mots, la France n'existerait pas. Elle est une construction de mots. La France et les Français se sont rejoints et compris par cette langue qui les constitue et exprime ce qu'ils sont. La France a été conquise et unifiée par la langue. Une langue qui, selon Michelet, est le plus haut principe de la nationalité, et qui possède un contenu spirituel. Si les Français y sont autant attachés, si elle a été admirée par tant de peuples, c'est qu'elle contient des vertus d'un ordre supérieur : imprégnée d'esprit religieux, de spiritualité, elle a gardé de ses origines — de l'époque où elle était à la fois un talisman et un bouclier contre le barbare — une valeur spirituelle. En elle et dans le christianisme l'esprit de la civilisation s'est réfugié au moment des Grandes

Invasions. Aussi chaque mot que nous prononçons a une force de symbole. Il participe de cette lumière de la civilisation et de la foi étroitement mêlées. Pour les Français, dans leur inconscient, cette langue est non seulement le signe de l'appartenance à une communauté, mais celui d'une union mystique. Parler, écrire le français, c'est communier avec l'âme de la France. Aussi ne peut-on abîmer cette langue sans toucher à un principe qui la dépasse. Mais qui se soucie de sa décrépitude ? Il faut être un Roumain pour s'en indigner. « Aujourd'hui que cette langue est en plein déclin, ce qui m'attriste le plus, c'est de constater que les Français n'ont pas l'air d'en souffrir. Et c'est moi, rebut des Balkans, qui me désole de la voir sombrer. Eh bien, je coulerai, inconsolable, avec elle[1] ! »

Qui peut encore entendre le cri de Cioran ?

1. *Exercices d'admiration.*

Venons-en à des questions plus intimes, à l'amour

Venons-en à des questions plus intimes, à l'amour. Suis-je français dans mes émois et mes ébats ? Français quand je tombe amoureux ? Français quand mes bras se referment sur un corps ? C'est une question que je ne m'étais jamais posée. Il me semblait que mon appartenance nationale et mon comportement amoureux cheminaient chacun de son côté sans avoir grand-chose à se dire. Mais pourquoi éluder le débat ? Pourquoi n'y aurait-il pas une manière française d'aimer, comme il y aurait une manière espagnole, anglaise, italienne ? Stendhal, en écrivain attardé du XVIIIe siècle, se plaisait à ce genre d'études, tellement à la mode chez les physiocrates. Il pensait que la langue et la femme italiennes prédisposent à l'amour. Je m'interroge donc. J'interpelle ma peau. Je sonde mon cœur. Je leur demande une réponse, même si ce n'est pas dans les organes que l'amour s'élabore, mais dans le cerveau, dans l'imagination.

L'homme qui aime s'insurge d'être soumis à cette question. A double titre, comme amoureux et comme Français, il se veut universel et s'étonne donc qu'on se préoccupe de ses provinces intimes. Et puis notre liberté s'indigne de devoir rendre des comptes à la statistique, à la sociologie, à la psychanalyse, à des juges dont elle ne reconnaît pas la juridiction. Si « aimer, c'est ne plus comparer », selon la célèbre formule, aimer, c'est aussi se sentir invinciblement rebelle à la comparaison.

Pourtant, le Français, pudique sur ce chapitre, ne se prive pas de juger les autres ni de les comparer. Ainsi, les soldats de Napoléon ne se gênaient pas pour établir entre eux des palmarès touchant la sensualité des femmes des pays qu'ils avaient conquis. La palme revenait aux Espagnoles et aux femmes du Tyrol, considérées comme les plus passionnées et les plus voluptueuses, devant les Italiennes ; les Allemandes étant jugées faciles ; les Hollandaises, les Polonaises, les Russes étaient répertoriées selon leurs signes sensuels distinctifs. Mais il s'agit là du tempérament. Pour l'âme, c'est plus complexe.

J'incline pourtant à croire que l'amour, loin d'avoir une parure nationale, est, au contraire, un effort vers la nudité, le dépouillement absolu, comme la mort à laquelle il ressemble par l'éclipse de conscience qui l'accompagne, la chute dans une nécessité qui relève, dans un cas comme dans l'autre, d'une mécanique obscure à laquelle nous ne participons qu'à titre de figurant. L'amour a donc des enjeux plus vastes que la condition de Français. Reste, à y bien regarder, qu'on tombe amoureux selon les usages et les coutumes de son pays. Un passé conditionne nos sentiments. Si grand que soit, dans ce domaine, notre espoir d'échapper à la société, on reste son prisonnier sur parole.

Cet amour français est-il façonné par le climat, la géographie, comme les chemins buissonniers décrits par Vidal de La Blache ? Dire qu'il peut être fougueux comme le Rhône, nonchalant comme la Loire, rude comme la Bretagne ou riant comme les coteaux de Bourgogne ne mène pas très loin.

L'amour français, dans son expression littéraire — puisque c'est son terrain de jeu favori —, paraît en proie à deux aspirations contraires, deux pôles : la gauloiserie et l'idéal, la chanson paillarde et le platonisme, Brantôme et Marivaux, Rabelais et Lamartine.

Le cœur français est naturellement romantique. Il aime l'impossible, conquérir la femme idéale. Pour conjurer le rustre qui sommeille en lui, l'amant surestime la femme, rêve de tuer des dragons et de risquer sa vie pour elle. Dans l'amour, il aime l'aventure, l'imagination de l'amour plus peut-être que l'amour lui-même. L'amour est la justification des départs, des conquêtes, des croisades. Une femme doit être pour lui toujours parée d'obstacles. Soit par sa chasteté, Mme de Mortsauf, soit par l'éloignement, Mme Hanska, ou par la barrière de son refus, la duchesse de Langeais. Ainsi Chateaubriand, qui prend prétexte d'une visite aux Lieux saints pour traverser la Méditerranée et aller retrouver Natalie de Noailles à l'Alhambra de Grenade. L'amour en France est presque toujours teinté de religiosité et patronné par l'agence Cook. C'est le prétexte à un voyage.

Je retrouve cette disposition aventureuse dans ma préhistoire amoureuse, à l'époque où j'étais épris de la fille du commandant Bernard, l'ami de Michel Forget ; quand je l'attendais avec appréhension sur la plage de Noirmoutier, guettant vers la pointe du Devin l'apparition du point rouge qui annonçait sa venue, son anorak cramoisi qui grossissait à vue d'œil. Cet amour platonique, tout idéal, quel lien, sans que j'en eusse conscience, le reliait à la lointaine Indochine et aux héros sacrifiés de Cao Bang ? Tandis que je la suivais des yeux sur la plage, entre le soleil et la mer, je ressentais ce double appel du pathétique et du dépaysement. J'attendais de cette jeune fille des provisions d'infini et de mystères, des aventures auréolées par une mort héroïque. Si j'étais gêné en face d'elle, c'est que, soudain, elle devenait réelle. C'est une leçon que je devais apprendre beaucoup plus tard : tant de femmes aimées font obstacle par leur présence aux rêves qu'elles suscitent. Nous aimons pour atteindre à travers elles autre chose que ce qu'elles sont, que ce qu'elles nous donnent.

Cet amour avait le grand avantage d'être dans les limbes. N'ayant pas de commencement, il ne pouvait avoir de fin. D'ailleurs, il n'a pas fini, il s'est dissipé comme un rêve. J'étais amoureux de ce point rouge qui suscitait en moi tant d'émotions contraires. L'espoir, la crainte, l'angoisse. Un théâtre où je jouais des rôles multiples. Tout était possible dans cet amour qui ne se confrontait à aucune réalité et ouvrait les portes du rêve.

Je retrouvais intact l'enthousiasme que j'avais connu dans mes jeunes années en visitant la chapelle des Missions étrangères de la rue de Bac. La même ferveur pour un principe qui vous dépasse, la même exaltation pour le mystère. Il y entrait, dans une curieuse alchimie, des éléments de compassion, de culpabilité. J'aimais souffrir de cet amour comme j'aimais souffrir de ce que d'autres avaient souffert — en l'occurrence, les missionnaires martyrs du Tonkin. Ainsi, j'entrais en communion avec une humanité plus exigeante qui poussait les bornes de l'existence jusqu'à son extrémité surhumaine. Oui, je mêlais tous ceux qui étaient morts au nom d'une foi — foi en la France, foi en Dieu —, missionnaires d'une manière certes bien différente dans sa traduction mais pas dans son essence. Dans les deux cas, celui des légionnaires, celui des missionnaires, du héros et du saint, je pressentais une origine surnaturelle. On ne choisit pas de mourir ainsi volontairement pour une cause réelle. Il faut croire que cet acte a une résonance dans une sphère supérieure. Et, à travers cet amour de jeunesse, je sentais confluer en moi toutes les significations du mot *amour*, ses imbrications et amplifications religieuses.

Nul doute que l'amour ne transporte avec lui la

nostalgie d'un autre amour plus vaste qui, s'il s'attache à un être, tente de le dépasser et souffre toujours de se limiter aux bornes de l'humain, du fini, alors qu'il aspire à l'infini.

Mes lectures compliquaient encore ce que je ressentais. Je lisais Stendhal. L'homme le moins disposé qui fût à écouter la voix du surnaturel. Athée, franc-maçon, bouffe-curé, il n'en était pas moins sensible à une lumière qui, si elle était peu visible dans sa vie, illuminait son œuvre. La lumière de Stendhal, c'était l'ambition de transfigurer le réel. Il transmet dans l'art le merveilleux chrétien. Ses personnages évoluaient malgré lui dans une atmosphère spirituelle. Derrière l'anticléricalisme affiché, apparaissait une religion de la beauté, de l'élégance, de l'amour. Il retrouvait par l'esthétique un chemin perdu. Comme il m'éblouissait chez Stendhal, ce rôle primordial donné à la passion ; elle participait à l'embellissement du monde. Elle l'éclairait, elle lui donnait ce mouvement, cet *allegro vivace,* qui en éloigne les deux fléaux : l'ennui, l'uniformité. Et si l'amour, la guerre, l'ambition, qui sont les moteurs de la Bible et des accélérateurs sans lesquels l'humanité s'étiolerait dans l'anémie, occupaient une place aussi importante dans son œuvre, c'est qu'à leur manière, ils participaient du souffle divin.

L'esthétique pouvait conduire à la fois à l'héroïsme et à la sainteté, à Michel Forget et aux moines de Tibhirine. A ce moment crucial du sacrifice, ils avaient obéi aux injonctions d'un ordre supérieur. Ils avaient voulu témoigner qu'en sortant de la routine de l'homme ordinaire, ils affirmaient leur foi en une vie supérieure. Et ainsi, ils participaient à l'augmentation de ce capital spirituel dont nous avons besoin pour croire en l'homme, pour croire à sa part divine.

Sans doute avais-je déjà pressenti, à l'époque de ce premier amour, que n'ayant ni le courage du héros ni celui du saint, j'opterais pour la voie que m'ouvrait Stendhal : ce canal de dérivation du spirituel qu'est la littérature.

Ainsi, en attendant la fille du commandant Bernard, sur la plage de Noirmoutier, tandis que mon cœur vibrait à la vue de son anorak rouge, j'entrais en résonance avec de plus grands mystères encore. L'amour me donnait pour la première fois un rendez-vous avec ses riches énigmes. Etait-ce parce qu'il m'était impossible de m'abstraire de ce passé français, qu'il m'offrait ainsi tant de connexions littéraires et spirituelles ? Il me semblait alors que je n'aurais pas assez d'une vie pour dénombrer les richesses qu'il recelait et en décrypter le sens.

L'Europe, quel sens ça a pour un Français ?

« Encore une fois pour mes amours, je dus faire appel à la main-d'œuvre étrangère. » Morand, le cosmopolite, a fait l'Europe bien avant Jean Monnet. Non pas celle des traités, du *pool* charbon-acier, des quotas, mais celle qu'on construit avec ce qu'il y a de plus profond chez les êtres : la peau. Une *Europe galante* qui danse son dernier slow, joue contre joue, avant de s'enfoncer dans les horreurs de la guerre mondiale. Comme elle était douce, cette Europe des jolies femmes et des princesses qui vous donnaient rendez-vous dans leur suite du Ritz, du Plazza, du Raphaël ! Elles arrivaient, chargées des parfums de Bucarest, de Prague, de Vienne, de Berlin, de Varsovie, prêtes à s'abandonner à l'amant français. Une tradition dans les meilleures familles de la Mitteleuropa. Drieu, qui fut un grand Européen, a commencé par là par ce libre-échange des corps qui le faisait passer de la princesse Caetani à je ne sais plus quelle comtesse roumaine. C'était l'époque où la grande bétonneuse du communisme n'avait pas encore écrasé ces pays de l'Europe centrale qui se tournaient vers la France comme vers une fenêtre ouverte sur l'Atlantique, sur l'amour, sur la liberté.

Les pays européens se réjouissaient que la France existât. A travers elle, sans renier leur patriotisme, ils avaient l'impression de communier avec l'universel. Elle leur faisait la courte échelle pour se hisser au-dessus d'eux-mêmes. Ils dégustaient ainsi grâce à elle, par procuration, des denrées inexportables dans leur pays. Notre liberté, par exemple, liberté d'esprit, de cœur, liberté politique, liberté d'autocritique. Les Espagnols nous enviaient notre modération et notre humour ; les Allemands, notre art de vivre ; les Polonais, d'être ce qu'ils auraient pu être sans les Russes, sans leur propre folie ; les Roumains, la fluidité et les harmonies de notre langue ; les Serbes, notre courtoisie avec les dames ; les Russes, le champagne que nous mettons en tout ; les Albanais, notre démocratie féerique. Quant aux Anglais qui ne peuvent rien envier à une autre nation que la leur, ils nous jalousaient notre conception de la vie, non pas froide, mercantile, mais sensuelle et compatissante.

Zweig venait en France avec comme passeport une simple carte de visite, pour humer une terre spirituelle où les écrivains rêvaient d'être des saints ou des héros ; Tolstoï y faisait du tourisme et assistait à une de ces exécutions capitales qui indignaient Victor Hugo ; Cioran, Ionesco se convertissaient à la

France et au français ; Casanova, fuyant les inquisiteurs de Venise, trouvait refuge à Paris auprès du cardinal de Bernis qui le transformait en fermier de la Loterie royale et en agent secret. Somerset Maugham, Graham Greene, Lawrence Durrell venaient y mourir au cap Ferrat, à Antibes, à Grasse. Malaparte s'engageait dans l'armée française. L'Europe de la culture existait alors par un mélange d'influences et d'émulations réciproques. En France, après la vogue, au XVIIIe, des idées anglaises, on s'engouait de philosophie allemande ; Morand faisait ses études à Oxford, comme Maurois ; Giraudoux était répétiteur de français à Berlin.

Cette Europe, elle avait deux moyens de communication, le sleeping et la langue française. Ah ! ces valises en cuir de Morand, bariolées d'étiquettes où apparaissaient des hôtels prestigieux : le Danieli, le Pera Palace, l'Europelski, la Villa d'Este, la Villa Igea de Palerme. La langue française dominait en Europe parce qu'elle permettait d'accéder à de beaux livres, parce qu'elle était la langue diplomatique et mondaine, mais surtout parce qu'elle faisait souffler l'esprit. Lire Voltaire, comme écouter Mozart, ce n'est pas seulement lire un livre, écouter de la musique, c'est se hisser dans la lumière et entendre le poème de sa vie.

En septembre 1946, Denis de Rougemont organise à Genève un colloque qui réunit les plus grands esprits européens. Devant l'Europe convalescente, pansant encore ses plaies et qui allait voir s'élever les murs de la guerre froide, des écrivains, des philosophes tentent d'échafauder une communauté qui, sortie de ses ruines, pourrait resplendir. Il y a quelque chose d'irréel, de proprement merveilleux dans ce concert de l'esprit qui succède à Yalta. La musique de l'art et de la pensée fait vibrer sa mélodie dans le répit que lui accordent les canons et les chars. Tant d'intelligence, tant de prémonitions dépensées, pourrait-on croire en pure perte si on n'accordait pas à l'esprit une valeur suprême, plus haute que l'efficacité, celle du témoignage pour l'homme.

Ces écrivains, venus des quatre coins de l'Europe, tout les sépare en apparence, si ce n'est leur conviction d'appartenir à une même entité. Et cela, quelles que soient leur famille spirituelle et l'idéologie dont ils se réclament. Certains, comme Lukács, sont marxistes, d'autres chrétiens comme l'Italien Francesco Flora, le Suisse Jean de Salis. Sont également présents les Français Merleau-Ponty, Jean Guéhenno, Julien Benda, l'Anglais Stephen Spender, l'Allemand Karl Jaspers. Tous vont se livrer, pendant une semaine, à une analyse de ce qui les rassemble. Pour eux, l'esprit européen existe. Ils sont unanimes à constater la menace qui pèse sur lui. En fait, pour eux, c'est l'humanisme qui est en péril, cet humanisme né de la double influence du monde gréco-romain et de l'héritage judéo-chrétien.

Dans ce colloque, un homme apparaît étrangement seul. Sa pensée est peut-être trop surchauffée pour s'insérer dans les allocutions nuancées de ces hommes policés, habitués à confronter leurs idées dans les organismes internationaux. Il est tout en aspérités. Il n'a ni prudence ni nuances. Cet éléphant dans le magasin de porcelaines de la culture européenne, c'est Bernanos.

Celui-ci reprend les termes de sa croisade. Il réitère ses attaques contre l'argent, le profit, les trusts, l'industrialisation à outrance, les robots qui risquent de faire de l'Europe un espace sans personnalité et sans âme. Il voit un danger à multiplier en Europe les signes du déclin qu'il dénonce en France : « La civilisation européenne n'est pas une civilisation de masses. La civilisation existe précisément pour qu'il n'y ait pas de masses, mais des hommes assez conscients pour ne jamais constituer des masses, même s'ils sont, entre eux, rassemblés... La civilisation européenne s'écroule et on ne la remplace par rien, voilà la vérité. A la place de ces immenses épargnes accumulées de civilisation, d'humanité, de spiritualité, de sainteté, on offre de déposer un chèque sans provision signé d'un nom inconnu puisqu'il est celui d'une créature encore à venir. Nous refusons de rendre l'Europe. Et d'ailleurs on ne nous demande pas de la rendre, on nous demande de la liquider. Nous refusons de liquider l'Europe. »

Un point frappe dans ces allocutions : elles se rejoignent par le constat que l'Europe se fonde sur l'humanisme chrétien. Toutes ne vont pas aussi loin que Bernanos : « L'Europe chrétienne s'est déchristianisée. Elle s'est déchristianisée comme un homme se dévitaminise. » Karl Jaspers insiste sur le rôle culturel de la Bible, « ce fondement de la vie européenne, [qui] cache déjà en elle, d'une façon unique, la tension entre les pôles. Elle est le livre sacré qui, au cours des millénaires, permit à toutes les possibilités contradictoires de s'établir avec sa bénédiction... On trouve, à la base de l'Europe, la grande antithèse de l'Antiquité et du christianisme : tous deux se combattent et s'unissent jusqu'à aujourd'hui. Elles sont européennes aussi, les oppositions fécondes de l'Eglise et de l'Etat, du catholicisme et du protestantisme, de la théologie et de la philosophie. »

Il poursuit : « Nous ne nous fions plus sans réserve aux églises chrétiennes. Mais nous tenons à elles, car elles constituent les plus précieuses réserves d'une irremplaçable tradition... La puissance spirituelle des églises, jadis capable de soutenir la vie dans son ensemble, se trouve aujourd'hui refoulée dans certains domaines spéciaux, dans le dimanche de la vie. »

Pour Jaspers, l'Europe est « un principe spirituel né sur ce sol, le principe de l'Occident... A l'intérieur de l'Europe, il y a toujours eu conflits et guerres. Mais on avait pourtant conscience de constituer une unité spirituelle face aux barbares, aux incroyants, aux païens, aux non-civilisés ».

Jean de Salis insiste, lui, avec plus de force encore sur la présence de l'héritage chrétien : « L'existence du christianisme est une lutte constante non seulement contre le mal, mais contre les convictions ancestrales, contre une philosophie rationaliste plus ancienne que lui-même et indéracinable, contre le tempérament véritable de l'homme européen... Il n'en est pas moins vrai que l'Europe, même réfractaire, même affranchie de la foi, est toute pétrie de christianisme. Il a élevé des digues contre le déferlement des passions et des obstacles contre le déchaînement de la violence. Il a imposé aux tempéraments désordonnés de nos races une discipline qui les a affinés moralement. Il a enseigné à l'homme qu'il était créé à l'image de Dieu et qu'il avait une âme immortelle. Il a rendu l'intellect plus prudent et moins orgueilleux parce que respectueux du mystère impénétrable de la Création, et il a enrichi la vie intérieure de l'homme. Il a, en un mot, donné une âme et une conscience à l'Europe. »

Ce vieux débat vient d'être rouvert à la faveur de la préparation de la Constitution européenne. La question de Dieu est subitement revenue sur le tapis des négociations. Après le veau, le soja, le maïs transgénique, les quotas, on montait d'un cran. Cette arrivée de Dieu à Bruxelles en vertu du calendrier préparé par Valéry Giscard d'Estaing a suscité une empoignade entre les tenants d'une Europe laïque, notamment la France, et ceux qui, avec la Pologne, souhaitent une référence marquée aux « racines chrétiennes » comme le suggère Jean-Paul II. Les Polonais souhaitent voir l'Europe reprendre les termes mêmes de leur propre Constitution. Ainsi la formule actuelle « L'Union se fonde sur les valeurs de respect de la dignité humaine, de liberté, de démocratie, de l'Etat de droit, et de respect des droits de l'homme, valeurs qui sont communes aux Etats membres » serait remplacée, si l'on accédait aux demandes des Polonais, par : « Les valeurs de l'Union européenne comprennent les valeurs spirituelles de ceux qui croient en Dieu comme source de la vérité et de la justice, de la bonté et de la beauté et de ceux qui ne partagent pas cette croyance mais qui trouvent ces valeurs universelles dans d'autres sources. »

Sans doute la candidature de la Turquie et la montée de l'intégrisme islamique ont-ils joué un rôle dans cette prise de conscience.

En réalité, cette référence à Dieu qui heurte les partisans de la laïcité semble moins nécessaire qu'un rappel à la communauté des valeurs religieuses qui est le socle du passé européen. D'autant plus qu'on peut croire ou ne pas croire en Dieu mais qu'en revanche l'influence de l'humanisme chrétien dans la constitution des sociétés et des mentalités ne fait, lui, aucun doute. Reconnaître que ce qui a fait l'Europe, c'est un rattachement aux valeurs issues de la Grèce, de Rome et du christianisme, semble donc beaucoup plus nécessaire. Et le rappel des « racines chrétiennes » prôné par le pape n'est pas forcément un démenti aux valeurs laïques puisque celles-ci en sont issues. La particularité du christianisme est d'avoir permis la séparation du politique et du religieux. Grâce à cette séparation qu'on doit à saint Augustin, la Renaissance puis le Siècle des lumières ont pu constituer une société civile qui pouvait se moquer de l'autorité de l'Eglise. A Constantinople ou à Alger, un Voltaire, un Diderot, s'ils avaient eu la malencontreuse idée de brocarder l'islam, eussent fini empalés.

Il y aurait donc un contresens à opposer la laïcité à l'humanisme chrétien qui a été la condition même de sa naissance. La laïcité n'est rien d'autre que l'enfant émancipé de la culture chrétienne. Rien n'est plus simpliste que de dire avec le député espagnol Josep Borrel Fontelles, dans une note à la Convention, que « nombre de nos valeurs se sont forgées contre les Eglises. En matière de démocratie, de droits de l'homme, et d'égalité, Dieu est un converti récent ».

C'est du christianisme que sont nées les notions de personne humaine, d'égalité et donc de démocratie. Sans doute la référence à Dieu n'est-elle pas forcément un gage de démocratie ni de respect de la personne humaine, mais la référence à l'humanisme chrétien est, elle, une des caractéristiques fondamentales de l'Europe.

Du point de vue où se plaçaient les participants de ce colloque de Genève de 1946 en se référant à la culture, à la spiritualité et aux valeurs fondatrices d'une civilisation européenne, l'Europe n'a pas beaucoup avancé. Elle a même reculé. Cette Europe, qui était, au XVIIIe siècle, selon Montesquieu, « une nation composée de plusieurs », a tendance à se dépersonnaliser. Elle ne sait plus très bien ni d'où elle vient, ni qui elle est, ni où elle va. Imaginée par les poètes, construite sur des intérêts économiques, organisée par des fonctionnaires, elle a privilégié les réalités en faisant l'économie d'une réflexion sur l'assise morale qui pourrait la fonder.

C'est ce qui explique, de la part de certains adhérents, et notamment des Français, une méfiance vis-à-vis de l'Europe. Ceux-ci se raidissent. Ils craignent de voir leurs valeurs se dissoudre dans un brouet indistinct. Le chauvinisme, le nationalisme ne sont pas la seule explication à cette méfiance. Bernard Grasset, dans une postface au livre de Friedrich Sieburg, *Dieu est-il français ?,* publié en 1936, apporte un éclairage qui rejoint l'explication de Bernanos : « "Européen", croyez-moi, pour un Français, cela ne veut rien dire... Un Français ne peut se dire "européen" sans mentir au génie de sa race. Un Français se sent d'abord un Français et puis il se sent un homme. Il arriva même aux plus grands d'entre nous d'attacher moins d'importance à leur qualité de Français qu'à leur qualité d'homme ; mais aucun d'entre nous ne saurait concevoir qu'il y eut une qualité intermédiaire entre sa qualité de Français et sa qualité d'homme. »

Ce qui attire en revanche les Français dans l'idée européenne, c'est sa modernité, la révolution qu'elle contient. Elle apparaît comme un contrepoison au nationalisme dont les fièvres ont lassé. Tant de morts pour rien. Les Français ont trouvé ainsi une justification à leur pacifisme. Avec l'Europe, plus de guerres puisque les principaux conflits ont eu le territoire européen comme champ de bataille. L'Europe a ainsi drainé les partisans de la paix, les chrétiens qui rêvaient de fraternisation entre les peuples issus d'une même imprégnation religieuse.

Mais la France, dans une Europe telle qu'elle se fait, sans conception préalable, sans une idée claire du message qui est le sien, quel rôle pourra-t-elle jouer ? Ne regrettera-t-elle pas, elle qui a eu dans cette histoire de l'Europe une importance de premier plan, d'éclaireur, de se retrouver d'égal à égal avec des pays qui ne se sentent pas porteurs d'un message universel ?

Comment pourra-t-elle coexister avec des pays dont le patriotisme est si différent du nôtre et qui ne peuvent élargir leur sentiment national dans une croyance plus vaste en l'humanisme ? Imagine-t-on un Français avoir pour devise le « Right or wrong, my country » des Anglais ou le « Deutschland über alles » des Allemands ? Pour un Français la vérité est une valeur supérieure à la France, et la France n'est plus la France quand elle s'éloigne de cette vérité. Ce qui est pour lui au-dessus de tout, c'est la civilisation universelle.

Parviendra-t-elle à accepter d'être ravalée au rang d'une nation comme une autre, elle qui a toujours considéré que, fille aînée de l'Eglise, héritière de l'humanisme gréco-romain, elle était faite pour instruire le monde de sa véritable mission civilisatrice ? Elle risque de souffrir dans cette entreprise qui ne pourra se faire sans dépersonnalisation ni uniformisation.

« Etre français, c'est précisément attacher de l'importance à tout ce qui n'est pas la France », écrivait

Gombrowicz, mettant en valeur une conception universaliste. Le patriotisme français avait l'avantage de conjuguer un patriotisme national et mondial. Désormais, pour reprendre l'expression de Denis de Rougemont, on sera français « à titre honorifique ». Cela sera-t-il suffisant pour les Français ?

Je suis à Cao Bang

Je suis à Cao Bang. La ville entre deux fleuves. La ville du désastre. On distingue au loin, vers le nord, à travers la brume de chaleur, les montagnes qui forment la frontière chinoise. Il pleut à verse. Les passants s'encapuchonnent dans des toiles imperméables en plastique bleu fluo qui leur donnent des airs de sacs-poubelle. Ils rient en évitant les flaques. La pluie fait partie du paysage. Sur le grand boulevard, une fourmilière de bicyclettes assaille le rond-point sans respecter aucune règle de priorité. Il n'y en a pas. Personne ne se fâche. La circulation prend les allures d'un gigantesque ballet. On se croirait sur une piste de patin à glace. Les motos ont toujours trois passagers, parfois quatre et même cinq, et souvent deux cochons arrimés solidement de part et d'autre du porte-bagages. Je rôde autour des murailles à la Vauban du camp fortifié. A la recherche de quoi ? De la présence française. La vie, comme une jungle, a recouvert ses vestiges. L'armée occupe le fort que le corps expéditionnaire a abandonné le 3 octobre 1950. Une sentinelle m'empêche d'y pénétrer. Je ne distingue qu'une inscription gravée dans la pierre sur le portique d'entrée, « Quartier Dennery ». Qui était ce Dennery ? Pourquoi lui a-t-on ainsi rendu hommage ? La forteresse domine la ville. Un cadre de pierre austère posé sur le grouillement, l'agitation populeuse, les constructions anarchiques. C'était peut-être ça, la présence française : cet ordre géométrique sur un sympathique désordre.

Le quartier moderne vieillit mal, avec ses grands immeubles salis par la pluie et lézardés par les bombardements chinois de 94. L'âme de la ville s'est réfugiée dans le marché fermé. On trouve tout ici. Chaque échoppe offre ses spécialités — tous les produits de contrebande venus de Chine. En même temps qu'un théâtre vivant : on vend et on vit. La marchande allaite son nouveau-né tout en pesant la marchandise ; un homme dort sur un ballot ; un autre fume une pipe à eau ; on vend des chiens, des parapluies, des rasoirs électriques. On jette par terre les détritus dans la boue. On crache. Ce mélange de saleté et d'élégance dans la tenue, dans le geste, le maintien, a un charme prenant. On est ailleurs. Dans un pays où les femmes très menues ont une beauté gaie et souriante. Quels ravages ont-elles exercés sur les cœurs esseulés du corps expéditionnaire ! Que venait donc faire la France ici, à plus de treize mille kilomètres de Paris ? Quelle drôle d'idée de s'être installé si loin, à l'autre bout du monde ! Pour commercer, oui, mais pas seulement pour ce but mercantile ; on peut vouloir satisfaire les appétits de la Banque d'Indochine et des producteurs d'hévéas et, en même temps, vouloir convertir un peuple à la civilisation française. Comme si cela était dans les gènes de la France, elle-même fruit d'une colonisation, de montrer la voie à des peuples qui ne lui demandaient rien. Un ardent besoin de transmettre la civilisation qu'on lui a confiée. Il y a quelque chose de naïf dans sa prétention à s'accroître dans l'universel. L'ambition maladive d'édifier des phares aux quatre coins du monde. Cet idéal, beaucoup de Vietnamiens obscurément l'ont compris. Dans les camps viêt-minh, après Cao Bang, les paysans pris de pitié s'approchaient des prisonniers français, si tristes, si abandonnés dans leur misère, et leur murmuraient avec un sourire : « Vive la France quand même. »

Cao Bang est l'extrême pointe de cette présence en Asie. Pour y parvenir, il faut emprunter la fameuse RC 4, la route coloniale n° 4, la route de la mort. Venant de Lang Son, traversant les villes de That Khe et de Dong Khe, bordant la frontière chinoise, cette petite route pleine d'escarpements serpente à travers les montagnes, escalade des cols et se faufile au milieu des calcaires, des pitons rocheux en forme de pain de sucre. Tout de suite, elle m'est familière. J'en oublie sa légende tragique tant elle donne le change. Elle a un air de vacances. On dirait une route départementale du cap Corse, sauf que les rizières, la jungle, les bananiers ont remplacé les chênes-lièges, les cistes et les arbousiers. Chaque virage a été le théâtre d'un guet-apens, chaque col, Lung Phai, Nguom Kim, qu'on appelait le « col de serre-fesses », a été le lieu d'une embuscade. C'est une charmante, délicieuse petite route qui n'a pas l'air de ce qu'elle fut : une tueuse. Ses bas-côtés furent longtemps jonchés de cadavres, de carcasses de camions et de blindés. Cette voie frontalière, le Viêt-minh a voulu la transformer en poire d'angoisse pour le corps expéditionnaire. Durant des années, il l'a harcelée, mitraillée, défoncée, faisant sauter ses ponts, la minant. Mais les militaires avaient fini par s'attacher à cette route de la mort. C'était un défi, comme la roulette russe. Ils la parcouraient avec un frisson, le plexus noué. Les chauffeurs recevaient une ration supplémentaire d'alcool. Au départ de Lang Son, on faisait son signe de croix et on recommandait son âme à Dieu. Elle est étonnante, cette disposition des soldats à finir par considérer la guerre comme un jeu. Parfois, par miracle, le convoi passait sans encombre. Au moment où on s'y attendait le moins, la fusillade crépitait, le feu se déchaînait. Lucien Bodard raconte dans *L'Enlisement* son expérience de la RC 4. Il a parcouru les cent trente kilomètres de Lang Son à Cao Bang avec la peur au ventre ; à chaque instant, l'angoisse de la panne, du pneu crevé, du tireur embusqué.

La France ne voulait pas lâcher Cao Bang, ni la RC 4 qui l'alimentait. On peut trouver des raisons politiques, stratégiques à cette obstination. J'y vois, moi, un symbole : la peur de revenir à l'Hexagone, de n'être qu'un pays étroit qui étouffe dans ses limites, celles du Plessis-Robinson, de Carpentras et de Lille, Roubaix, Tourcoing. Cao Bang, c'était une résidence secondaire dans le rêve. Qu'importe si on n'y va pas tous les jours. On sait que là-bas un drapeau flotte comme un défi au réalisme. Cela vaut-il le sang qu'on y verse ? Mais nous sommes un pays où on fait bon marché de son sang quand il s'agit de le mettre en balance avec la grandeur. Les Français ont longtemps accepté ce prix, cette idée que des hommes meurent chaque jour pour garder Cao Bang. Ils ont souffert de sa perte comme s'ils avaient appris soudain qu'on avait retranché l'île d'Yeu, l'île de Sein ou la Corse des possessions nationales. C'est fou, je sais, mais il faut admettre la folie française. Et on a trouvé d'autres fous, là-bas, pour y croire, ces soldats à la fois si frustes et si pleins de rêves que Voltaire appelait « des Alexandre à cinq sous par jour ».

Soudain, quelques kilomètres après Lang Son, au sortir d'un virage, sur le bas-côté, au loin, je distingue un point rouge, comme l'anorak de la fille du commandant Bernard. Plantée à la lisière de l'empire du Milieu, une borne kilométrique Michelin peinte en blanc, surmontée de son chapeau rouge, montre sa frimousse. Ce petit côté bien de chez nous a quelque chose d'attendrissant. Cela départementalise soudain l'univers. Cela universalise le clocher. Ce point de rencontre de l'universel et du local, qui est le propre du génie français, m'émeut autant que la pagode construite en plein Paris au coin de la rue de Babylone et de la rue Monsieur.

A pied, à travers les rizières, après avoir emprunté la piste qui part de Dong Khe, je parviens à la cuvette de Coc Xa, l'épicentre du désastre. Ici, dans ce piège naturel, au point de rencontre de deux vallées, cinq mille soldats ont trouvé la mort entre le 3 et le 8 octobre 1950. Abandonnant la RC 4 tenue par le Viêt-minh, la colonne Charton, chargée de l'évacuation de Cao Bang, a cherché son chemin dans un lacis de jungle et de rizières. Les légionnaires du 3ᵉ REI et les tabors escortaient les six cents civils indigènes qu'ils avaient refusé d'abandonner. Ils tentaient de joindre la colonne Lepage, venue à leur aide, ignorant qu'elle-même était déjà au bord de l'anéantissement.

La falaise de Coc Xa est couverte de végétation et de jungle. A son sommet, on distingue une large échancrure. La nuit du 6 octobre, pour passer dans ce défilé sous le feu de l'ennemi, quatre cent vingt parachutistes du 1ᵉʳ BEP, sur les cinq cents que comptait le bataillon, se sont fait massacrer. Les hommes tombaient du haut de la falaise et s'écrasaient dans la vallée. Un goumier, entraîné par la plaque de fer de son mortier, dévissera, entraînant dans la mort un camarade. Une nuit infernale dont il ne reste rien. Parfois, on découvre des ossements, des armes, des grenades.

A mi-pente de la falaise, en dessous du défilé, il y a une source près de laquelle quelques maisons de bois sur pilotis se sont installées. Des cochons grognent. Un buffle couvert de boue tire une charrue. La nature n'a pas de mémoire. Le paysage est d'une insolente beauté. Il frappe par sa quiétude ; l'impression de paix qu'il donne est troublante. Quand même, cinq mille morts ! Cela devrait laisser une trace ! Cinq mille jeunes gens fauchés en quelques jours ! C'est une tragédie dont la terre, les rochers devraient porter les marques. Mais rien n'en subsiste. La vie a tout recouvert. Et pas un monument, pas une croix pour fixer la méditation. Une question me brûle. Je voudrais la chasser : à quoi ces morts ont-ils servi ?

Ces hommes sacrifiés dont on a volé la jeunesse, du moins n'auront-ils pas connu les humiliations de leurs camarades prisonniers. Les mauvais traitements dans les camps de rééducation du Viêt-minh où des Français, des Boudarel, leur faisaient des leçons de morale ; ni l'humiliation peut-être pire lors de leur arrivée en France à bord du *Pasteur*, après quatre années de captivité, d'être reçus à Marseille, non sous les acclamations, mais sous les horions et à coups de pierres. Les communistes savaient-ils que se trouvaient parmi ceux qu'ils injuriaient d'anciens FTP convertis à la France, des combattants des Brigades internationales, des héros de la Résistance ? Pourquoi marchander à ces soldats d'Indochine la gloire du sacrifice qu'on accorde bien volontiers à Guy Môquet, à Gabriel Péri, à Manouchian et à ses compagnons des MOI, fusillés au mont Valérien ? Dans ces moments de sectarisme aveugle, on est tenté de désespérer de la France.

Je poursuis mon chemin à travers la jungle, jusqu'au point 477. Je retrouve le piton calcaire où le commandant Forget est mort dans les bras du commandant de Chergé. C'est toujours le même paysage tranquille, la même paix bucolique, les buffles aux mouvements lents dans la gadoue des rizières. Des enfants qui jouent au milieu des poules et des canards sous les pilotis des masures. La question revient, lancinante.

Mais la mort des soldats de Verdun avait-elle un sens ? Et celle des soldats de Valmy, d'Austerlitz, de juin 1940, de Bir Hakeim ? Quelle tentation de croire que, hors la vie, il n'y a rien. Mais c'est se livrer au désespoir. Il est là, ce désespoir qui attend, qui voudrait nous enfermer dans le monde comme dans une prison.

Soudain, si loin de la France, devant ce paysage de rizières et de bananiers, sous ce ciel bleu si tranquille, il me semble, tandis que cette question me tourmente, que je m'approche enfin de l'explication que j'ai cherchée. L'itinéraire qui m'a mené de l'église des Invalides à Cao Bang, au monastère de Tibhirine, à la clairière du mont Valérien, s'éclaire d'une lumière apaisante. Je comprends mieux le lien secret qui relie entre eux tous les hommes que j'ai évoqués et qui me réunit à eux ; ce trait d'union qui m'a bouleversé lorsque j'ai découvert la mystérieuse parenté qui faisait se rejoindre le commandant Forget, légionnaire héroïque, amant de la vie et des femmes, et l'ascétique Christian de Chergé, le prieur martyr de Tibhirine.

Alors me reviennent les paroles de Marc Bloch : « Il est deux catégories de Français qui ne comprendront jamais l'histoire de France : ceux qui refusent de vibrer au souvenir du sacre de Reims, ceux qui lisent sans émotion le récit de la fête de la Fédération. »

La France alors s'éclaire, se simplifie en dépit de tout ce qui brouille son image : son caractère composite, ses contradictions, ses erreurs, ses fautes, mais aussi ses lumières, ses élans, sa générosité, toute cette foisonnante diversité qui constitue son génie. Je vois un peuple hétéroclite avec sa foi, ses hérétiques, ses contestataires, son ordre et son désordre ; quelle richesse dans ces ferments, même lorsqu'ils tournent à l'autodestruction ou s'aigrissent jusqu'à mobiliser la France contre elle-même.

Jusque dans le communisme, qui a séduit les Français par son rêve d'une société idéale, égalitaire, son ambition de justice absolue, son internationalisme qu'on confondait avec l'universalisme, oui, même au prix d'une terreur et d'un despotisme qui rappelaient le terrible fanatisme du Comité de salut public. Le communisme est lui aussi à bien des égards l'enfant monstrueux de ce christianisme devenu fou qu'évoquait Chesterton. Il a donné une réponse inhumaine et un prolongement totalitaire à des questions dérivées de la révolution chrétienne. D'où vient, en France, cet esprit de révolte, ce cœur toujours inquiet qu'une main doit apaiser et diriger ? Tous les hommes qui, à quelque degré que ce soit, ont participé à son histoire, à la création de l'idée qui y préside, ont des points de ressemblance : Montaigne, Napoléon, Voltaire, de Gaulle, Mermoz, Zola, Christian de Chergé, Romain Gary, Jeanne d'Arc, d'Estienne d'Orves et ses compagnons, le père de Foucauld, oui, même Drieu le damné, tous baignent dans une même lumière. Si différents soient-ils, ils ont participé à une quête dont le sens n'apparaît qu'avec beaucoup de recul.

Dans cet ordre supérieur, on ne peut même en exclure ceux qu'on ne voudrait pas y voir, qui semblent la déshonorer, abîmer son image : un Boudarel, un Touvier. Si abjects qu'ils apparaissent, ils étaient nécessaires, tout comme Judas, pour que l'Histoire se fasse. Mais aussi pour montrer la permanence de la laideur humaine sans laquelle les héros et les saints ne nous paraîtraient pas aussi indispensables.

Le sens de l'histoire de la France nous échappe si on ne veut admettre que, derrière tous les grands mouvements, les créations, les conquêtes, les défaites, les œuvres, s'est déroulée une épopée spirituelle. Qu'est-ce que la poésie, l'art, si intimement liés en France au sacré et à la justice, sinon l'expression sensible de cet espace indéchiffrable entre l'humain et le surnaturel ? De ce point de vue, même si beaucoup ne le voient pas, mais le ressentent confusément, la France, par les mots, les idées, par les images et les paysages, nous habite et accompagne notre vie comme une poésie du spirituel.

TABLE

DU MÊME AUTEUR

Aux Editions Grasset

LA FUITE EN POLOGNE,
roman, 1974.

LA BLESSURE DE GEORGES ASLO,
roman, 1975.

LES FEUX DU POUVOIR,
roman, 1977 (Prix Interallié).

LE MYTHOMANE,
roman, 1980.

AVANT-GUERRE,
roman, 1983, (Prix Renaudot).

ILS ONT CHOISI LA NUIT,
essai, 1985.

LE CAVALIER BLESSÉ,
roman, 1987.

LA FEMME DE PROIE,
roman, 1989.

LE VOLEUR DE JEUNESSE,
roman, 1990.

LA NOBLESSE DES VAINCUS,
essai, 1990.

L'INVENTION DE L'AMOUR,
roman, 1996.

DISCOURS DE RÉCEPTION À L'ACADÉMIE FRANÇAISE
ET RÉPONSE D'HÉLÈNE CARRÈRE D'ENCAUSSE, 2000.

Chez d'autres éditeurs

LE GOÛT DU MALHEUR,
Gallimard, 1993.

OMAR : LA CONSTRUCTION D'UN COUPABLE,
Ed. de Fallois, 1994.

MORNY, UN VOLUPTUEUX AU POUVOIR,
Gallimard, 1995.

BERNIS, LE CARDINAL DES PLAISIRS,
Gallimard, 1998.

UNE JEUNESSE À L'OMBRE DE LA LUMIÈRE,
Gallimard, 2000.

UNE FAMILLE DANS L'IMPRESSIONNISME,
Gallimard, 2001.

NOUS NE SAVONS PAS AIMER, *roman*,
Gallimard, 2002.

Composition réalisée par JOUVE

Imprimé en France sur Presse Offset par

BRODARD & TAUPIN

GROUPE CPI

La Flèche (Sarthe).
N° d'imprimeur : 27278 – Dépôt légal Éditeur : 53448-01/2005
Édition 01
LIBRAIRIE GÉNÉRALE FRANÇAISE – 31, rue de Fleurus – 75278 Paris cedex 06.
ISBN : 2 - 253 - 11218 - 6

31/1218/2